KB093201

문제아

〈뉴베리 상〉 수상작, 함께 읽어 보세요!

청소년문학 보물창고 11

문제아

초판 1쇄 2007년 8월 10일 | 초판 5쇄 2013년 2월 10일
지은이 제리 스피넬리 | **옮긴이** 최지현 | **펴낸이** 신형건
펴낸곳 (주)푸른책들 | **등록** 제321-2008-00155호
주소 서울 서초구 양재천로7길 16 푸르니빌딩 (양재동 115-6) (우)137-891
전화 02-581-0334~5 | **팩스** 02-582-0648 | **이메일** prooni@prooni.com
홈페이지 www.prooni.com | **ISBN** 978-89-90794-96-3 04840
*잘못된 책은 구입한 곳에서 바꾸어 드립니다.

이 도서의 국립중앙도서관 출판시도서목록(CIP)은 e-CIP홈페이지(http://www.nl.go.kr/ecip)와 국가자료공동목록시스템(http://www.nl.go.kr/kolisnet)에서 이용하실 수 있습니다.
(CIP제어번호: CIP2007001938)

보물창고는 (주)푸른책들의 유아, 어린이, 청소년 도서 전문 임프린트입니다.

문제아

제리 스피넬리 지음
최지현 옮김

보물창고

차례

1. 우리는 자란다

우리는 그 아이와 함께 자란다. 하지만 전혀 깨닫지 못한다. 그 아이는 그냥 그 곳에 있을 뿐이다. 거리에, 운동장에, 가까이 어딘가에……. 주차되어 있는 자동차나 쓰레기 수거 날의 초록색 쓰레기통처럼 흔한 풍경의 한 부분이다.

우리가 1학년, 2학년으로 올라가는 동안 그 아이는 쭉 함께 한다. 친구도 아니고, 적도 아니다. 이따금 마주칠 뿐이다.

공원 놀이터에서 문득 고개를 들었을 때, 시소 반대편에 그 아이가 앉아 있는 것을 볼 수도 있다. 혹은 어느 겨울날 해프탱크 언덕에서 썰매를 타고 내려갔다가 터덜터덜 언덕을 다시 오르는 길에 양팔을 머리 위로 쭉 뻗고는 '피융' 소리를 내며 미끄러져 내려가는 그 아이를 보게 될 수도 있다. 어쩌면 우리보다 훨씬 재미있게 노는 그 아이 때문에 언짢을 수도 있다. 하지만 그것도 잠깐뿐이다.

우리는 그 아이의 이름조차 알지 못한다.

그러던 어느 날, 우연히 누군가 그 아이의 이름을 부르는 것을 듣게 된다.

그 아이의 이름은 '징코프'.

2. 밝고 넓은 세상

그 아이는 인구가 백만 정도 되는 도시에서 차로 16킬로미터쯤 떨어진, 벽돌과 호기(*대형 샌드위치. 이하 *표시-옮긴이 주)로 유명한 마을에서 태어났다.

태어난 뒤 처음 몇 해 동안, 징코프와 대부분의 아이들은 담장이나 철사로 엮은 울타리 안에서 엄마의 목소리를 들으며 자랐다.

드디어 아이들이 햇살 속에서 눈을 깜빡이며 집 앞 계단에 혼자 서는 날이 왔다. 갓 태어난 강아지처럼.

처음에 징코프는 눈을 감고 서서히 손을 내렸다. 눈을 가늘게 뜨고 해를 노려보며 눈싸움을 하려다가, 이내 즐거운 표정으로 고개를 돌렸다. 징코프가 손을 뻗어 문을 만졌다. 징코프가 절대로 해서는 안 될 일이었다. 엄마가 수천 번도 더 했던 그 경고가 메아리가 되어 들렸다.

"길을 건너면 안 돼."

하지만 가로막는 것이 없었다. 울타리도 보이지 않았다. 손 잡아 줄 어른도 없었다. 징코프의 앞에는 밝고 넓은 세상뿐이었다.

징코프는 두 발로 보도에 내려섰다. 그리고 출발했다. 귀에서 바람 소리 말고는 아무것도 들리지 않을 만큼 내달렸다. 자기가 얼마나 빠른지 믿을 수 없었다. 얼마나 자유로운지도 믿을 수 없었다. 속도와 자유로움에 한껏 들떠 그 길 끝까지 달려가서는 오른쪽으로 돌았다. 그리고 계속 달렸다.

두 다리는 정말 빨랐다. 자신의 다리가 조금만 더 빠르면 날 수도 있을 것 같았다. 뒤에서 하얀 차가 한 대 달려왔다. 아이는 그 차와 시합을 했다. 차가 앞질러 가 버리자 아이는 놀랐지만 슬프지는 않았다. 슬퍼하기에는 너무도 자유로웠다. 아이는 하얀 차에게 손을 흔들었다. 같이 웃고 축하해 줄 사람이 없을까? 멈춰 서서 둘러보았지만 아무도 없었다. 아이는 혼자 웃고 혼자 축하했다. 마치 물웅덩이에서 노는 것처럼 아이는 길을 꽉꽉 밟았다.

집을 찾았다. 보이지 않았다.

눈도 깜빡하지 않는 해를 향해 소리를 질렀다.

"야호!"

아이는 좀더 달리다가 오른쪽으로 돌았다. 다시 멈췄다. 계속 오른쪽으로 돌기만 하면 영원히 달릴 수 있을 것 같았다.

"야호!"

3. 이긴다는 것

결국, 자유롭게 놓여난 아이들은 길을 건너게 될 것이다. 달리다가 서로 우연히 만나는 일도 있을 것이다. 그리고 조만간, 콧물이 뚝 떨어지는 것만큼이나 확실하게, 단순히 달리는 것으로는 충분하지 않다는 것을 알게 될 것이다. 아이들은 무언가에 부딪혀야 할 것이다. 서로를 향해. 그것이 아이들의 본능이다.

"준비, 땅!"

누군가 소리치면 아이들은 달릴 것이다. 쓰레기통에서 모퉁이까지. 정지 표지판에서 우편물 트럭까지.

엄마들이 큰 길에서 뛰지 말라고 소리치면 아이들은 골목으로 달려갈 것이다. 아이들은 골목을 점령하고 그들만의 거리로 만들 것이다.

아이들은 달린다.

7월에도 달리고 1월에도 달린다. 비를 맞으면서도 달리고 눈을 맞으면서도 달린다. 나란히 달리고 있지만 서로 견주며 달린다. 내가 빠르면 너는 느리다. 내가 이기면 너는 진다. 그러는 동안 아이들은 같은 곳에서 나고 자란 친구를 잊어버리게 된다.

아이들은 지는 것보다는 이기는 게 더 좋다는 것을 알게 된다. 아이들은 이기고 싶어한다. 너무나 이기고 싶은 나머지 온갖 시합을 다 만들어 낸다.

누가 전봇대를 돌로 맞히나?

누가 케이크를 가장 많이 먹나?

누가 가장 늦게 자나?

누구 몸무게가 가장 많이 나가나?

누가 가장 트림을 크게 하나?

누가 가장 키가 큰가?

누가 일등일까, 일등일까, 일등일까?

누가?

누가?

누가?

트림하기, 키 크기, 던지기, 달리기…….

모든 것이 시합이다.

시합이 있는 곳에는 승자가 있다.

이겼다!

이겼다!

내가 이겼다!

큰 길에서, 뒷마당에서, 골목길에서, 운동장에서.

승리, 승리, 승리의 환호성.

징코프만 빼고.

징코프는 결코 이기지 못한다.

하지만 징코프는 깨닫지 못한다. 다른 아이들도.

아직은.

4. 징코프의 첫날

학교에 가는 첫날부터 징코프에게 문제가 생겼다.

아니, 학교에 가기도 전에 문제가 생겼다. 엄마와 관련해서 말이다.

학교 가는 첫날 보통의 1학년 엄마들처럼, 징코프 부인도 아들을 학교에 데려다 줄 생각이었다. 첫날은 대단한 날이라 엄마들은 이제 겨우 여덟 살 된 아이들이 얼마나 두려울지 잘 알고 있었다.

징코프는 창 밖으로 학교에 가는 아이들을 보고 있었다. 마치 퍼레이드 같았다.

"징코프, 기다려!"

위층에서 엄마가 옷을 입으며 외쳤다.

아들이 기다리는 것을 얼마나 싫어하는지 잘 알고 있었기 때문에 엄마의 목소리는 단호했다.

하지만 엄마가 내려왔을 때 아들은 이미 사라지고 없었다.

엄마는 문을 벌컥 열어 젖혔다. 사람들이 물결처럼 밀려가고 있었다. 4학년이나 5학년들은 뛰고 소리지르며 길을 점령하고 있었고, 어린 아이들은 엄마 손을 잡고서 걸어가고 있었다.

엄마는 길을 훑어보았다. 저 멀리 목이 긴 기린이 사람들 사이에서 삐죽 올라와 사람들을 열심히 따라가고 있는 게 보였다. 그 애다. 그 아이가 틀림없다.

징코프는 기린 모자를 좋아했다. 아빠가 동물원에서 사 준 것이었다.

"학교에는 쓰고 가지 마라."

엄마는 아들에게 50번은 말했다.

학교는 겨우 세 구역 건너에 있다. 아마 엄마가 잡으러 가기 전에 그 아이는 학교에 도착할 것이다.

엄마는 단념한 듯 한숨을 쉬며 집으로 들어갔다.

1학년 담임인 미크 선생님은 문 앞에 서서 신입생들을 맞이하고 있었다.

"안녕하세요…… 안녕하세요…… 환영합니다."

하지만 선생님은 기린 얼굴이 걸어가는 것을 보고는 인사말을 꿀꺽 삼키고 말았다. 기린과 그 아래의 아이는 곧바로 교실 맨 앞자리에 가서 앉았다.

종이 울리자, 선생님은 문을 닫고 그 희한한 모자를 쓴 학생 앞으로 가서 섰다. 다른 아이들이 킬킬거리며 웃어 댔다. 선생님은 그 아이가 문제가 되지는 않을까 생각했다. 올해는 미크 선생님이 퇴직하는 해였기 때문에 골치 아픈 1학년은 정말 맡고 싶지 않았다.

"네가 쓰고 있는 그거, 아주 좋은 모자구나."

미크 선생님이 말했다.

신기하게도 기린이 살아 있는 것처럼 보였다.

"기린입니다."

그 아이는 발딱 일어나 큰 소리로 말했다.

"알아. 그런데 모자를 벗어야 할 것 같구나. 교실에서는 모자를 쓸 수 없단다."

"좋아요."

그 아이는 기분 좋게 말하고는 모자를 벗었다.

"자리에 앉아라."

"네."

그 아이는 유쾌해 보였다. 문제아 같아 보이지는 않았다.

이제는 모자를 갖고 있으면 안 된다는 것을 말해 줘야 했다. 선생님은 그 아이가 소리치며 떼쓰지 않기를 바랐다. 1학년들은 예측 불가능했다. 무슨 일이 일어날지 아무도 알 수 없었다.

선생님은 말하면서 그 아이의 아랫입술이 떨리는지 지켜 보았다. 다행히 괜찮았다. 대신 아까처럼 발딱 일어나 밝은 목소리로 재잘댔다.

"네, 부인."

그러고는 모자를 선생님에게 건넸다.

네, 부인? 이건 또 어디서 배운 말이지?

"고맙다. 이제 앉아라."

선생님은 웃으며 속삭였다.

"네, 부인."

그 아이도 속삭였다.

1미터 높이의 모자를 사물함에 넣기 위해 교실 뒤로 걸어가는 선생님을 따라 스물여섯 개의 머리가 한꺼번에 움직였다. 선생님은 전날 사물함에 이름표를 붙여 놓았는데 그 아이의 이름을 모른다는 것을 깨달았다.

"이름이 뭐지, 젊은이?"

선생님은 돌아보며 물었다.

"징코프입니다!"

그 아이는 발딱 일어나 차렷 자세로 힘차게 말했다.

선생님은 크게 웃지 않으려고 고개를 돌렸다. 교사 생활 30년 동안 저런 식으로 자신을 알리는 아이는 한 번도 보지 못했다.

선생님은 다시 그 아이를 돌아보며 가볍게 인사했다. 마치 그렇게 해야 하는 것처럼.

"고맙구나. 그런데 그렇게 소리칠 필요는 없어. 징코프 군."

교실 분위기가 들뜨기 시작했다.

"고맙다, 징코프. 자리에 앉으렴. 말할 때 일어나지 않아도 된다."

"네, 부인."

아이들도 곧 그렇게 앉게 되겠지만, 사물함은 알파벳 순서로 되어 있었다. 선생님은 마지막 사물함에다가 기린 모자를 집어 넣었다. 기린이 들어갈 만큼 공간이 넉넉하지 않아서 마치 아기 기린이 그 안에서 졸고 있는 것처럼 보였다.

선생님은 징코프가 사물함보다는 찾기 쉬운 아이라는 생각을 했다.

5. 배움의 기차

미크 선생님은 교실 앞에 서서 서른한 번째이자 마지막으로 그 유명한 새 학기 연설을 시작했다.

"안녕하세요, 어린이 시민 여러분."

몇 년 뒤 한두 학생이 1학년 때 자신들을 '어린이 시민'이라 불러 준 자신을 떠올릴 것이라는 생각에 미크 선생님은 기분이 좋아졌다. 미크 선생님은 아이들이 지나치게, 또 너무 오랫동안 아기 취급을 받는다고 생각했다.

"새터필드 초등 학교에 입학한 것을 환영합니다. 오늘은 여러분에게 매우 중요한 날입니다. 한 학년을 시작하는 첫날일 뿐만 아니라 12년 학교생활의 첫날이기도 하니까요. 아마 지금부터 12년이 지난 뒤에는 여러분 모두 고등 학교를 졸업할 거예요. 그날이 영원히 오지 않을 것처럼 들리지요? 그렇죠?"

늘 그렇듯, 물결치듯 끄덕이는 머리의 바다.

"하지만 언젠가 그날은 올 것입니다. 지금부터 12년 뒤에 반드시 옵니다. 그 동안 여러분은 주제문 쓰는 법과 방정식을 배울 겁니다. 그리고 이 단어를 쓰는 법도 배울 거예요."

선생님은 극적으로 말을 잠깐 멈추더니 마치 멋진 미래를 보기라도 하는 듯 눈을 동그랗게 떴다.

"tintinnabulation(*방울의 딸랑딸랑 소리)"

선생님이 말하자, 눈을 동그랗게 뜨고 입은 '오' 모양으로 벌린 아이들 사이에서 한숨 소리가 새어 나왔다. 어떤 아이들은 거부하는 듯 단호하게 머리를 흔들었다.

선생님은 살금살금 걸어가 징코프를 몰래 엿보았다. 징코프는 마치 간지럼이라도 타는 듯 킬킬거리며 웃고 있었다.

"고등 학교를 졸업할 때쯤 여러분은 운전도 할 수 있고 직업을 가질 수도 있을 거예요. 세상에서 여러분의 자리를 만들 준비가 되어 있을 겁니다. 원한다면 혼자서 전국을 돌아다니며 여행을 할 수도 있겠지요. 다른 나라로 갈 수도 있고요. 가정을 꾸릴 수도 있지요. 얼마나 멋진 모험인가요! 그 모든 것이 바로 이 자리에서부터 시작되는 것입니다. 지금, 오늘 말입니다. 수많은 날들로 이루어진 여행과 모험이 여러분을 기다리고 있습니다."

선생님은 잠깐 쉬더니 팔을 내밀었다.

"아마 '얼마나 많은 날들인가요?' 라고 묻고 싶은 사람이 있을 거예요."

몇몇 손들이 올라왔다.

선생님은 만약 아이들에게 질문하게 한다면 그 중 누군가 수백만 가지 추측으로 자신의 요점을 흔들어 놓으리라는 것을 알고 있었다. 선생님은 올라온 손들을 못 본 체하며 칠판 쪽으로 갔다. 끝이 뾰족한 새 분필로 선생님은 초록색 칠판 위에 숫자를 크게 썼다.

180

"이것은 한 해 동안 여러분이 학교에 출석해야 하는 날짜입니다."

그러고는 180 아래에 다시 뭐라고 썼다.

X12

"이 숫자는 여러분이 학교를 다녀야 하는 햇수지요. 자, 계산해 볼까요?"

선생님은 칠판 위에 숫자들을 천천히, 당당하게 쓴 다음 곱했다.

$$
\begin{array}{r}
180 \\
\times 12 \\
\hline
360 \\
180 \\
\hline
2160
\end{array}
$$

선생님은 맨 아래의 숫자를 가리켰다.

"이거예요."

선생님은 분필로 칠판을 두 번 두드렸다.

"이천백육십. 여러분이 여행하는 날짜예요. 모험이 얼마나 오랫동안 계속되는지 알 수 있지요. 하루하루 새로운 것을 배우는 기회가 될 겁니다. 이천백육십일 동안 얼마나 많은 것을 배울 수 있을지 한번 상상해 보세요."

아이들이 상상할 수 있도록 선생님은 잠깐 이야기를 멈추었다.

"이천백육십 개의 모험. 여러분이 원하는 무엇이든 될 수 있는 이천백육십 개의 기회. 이것이 여러분이 8년 동안 기다려온 것입니다. 오늘이 바로 그 기회가 시작되는 날이지요."

선생님은 카메라가 있으면 좋겠다고 생각했다. 그러고는 문 위에 있는 시계를 보며 놀란 표정을 지었다.

"오, 세상에! 저걸 봐요! 시간이 가고 있어요! 여러분들이 느끼지도 못하는 사이, 이천백오십구 일 남았어요. 우리의 첫날이 가고 있는데 아직 아무것도 배우지 못했군요! 이제 배움의 기차를 타고 출발해 볼까요?"

선생님은 책상 서랍에서 짙은 푸른색의 낡은 기관사 모자를 꺼냈다. 그러고는 서른한 번째이자 마지막으로 그 모자를 썼다. 선생님은 손을 아래위로 두 번 움직였다.

"추! 추! 배움의 기차에 모두 타세요! 처음 정차하는 역은 '내 이름 쓰기' 역입니다. 누가 탈까요?"

스물여섯 개의 손이 번쩍 올랐다. 너무 빨리 일어나려다가 징코프는 그만 엄청난 소리로 책상을 쓰러뜨리고 말았다. 그러고는 손을 번쩍 들어 천장을 향해 소리를 질렀다.

"야호!"

6. 정말 멋진 질문

징코프

학교에 오기 전에 징코프는 자기 이름을 배웠다. 전부가 아니라 일부이긴 했지만. 물론 때때로 이름을 눈에 익혔다. 하지만 비치는 종이를 놓고도 좀처럼 따라 쓰지 못했다. 베껴 쓰려고 해 본 적도 없고 글자를 따라 연필 끝을 움직여 본 적도 없다.

징 꼬

종이 위의 파란 줄 사이로 글씨를 쓰며 징코프는 가슴이 두근거린다.

이름을 말똥말똥 보고 있자니 마치 자기 자신을 보는 것 같았다. 8년 전 태어났던 징코프가 조그만 모양으로 완전히 다시 태어나 혼자 힘으로 지금, 여기에 있는 것이다.

징코프는 선생님에게 달려갔다.

"보세요! 저예요!"

선생님 얼굴에 종이를 들이밀며 말했다.

선생님은 종이를 받아들었다.

종이 맨 윗줄에는 다른 모든 학생들에게도 해 준 것처럼, 징코프가 보고 베낄 수 있도록 이름을 써 주었다.

그 아래에 징코프가 써 놓은 것이 있었다. 무엇을 쓴 것인지 모르는 상황이었다면 아마 좀처럼 읽을 수 없었을 것이다. 종이 위에 그려 놓은 연필 선의 끼적거림은 두 살배기의 낙서와 별반 다를 것이 없었다.

징코프의 얼굴 가득 흐르는 즐거움이 선생님을 웃게 만들었다.

"정확하게 말해서 이건 네가 아니야, 너의 이름이지. 이름은 상당히 중요하단다. 너를 상징하는 것이니까."

선생님은 징코프 어깨에 손을 얹으며 말했다.

"'상징'이 뭐예요?"

징코프가 물었다.

"그건 너를 대신해서 네가 있어야 하는 곳에 가는 거야. 네가 직접 갈 수 없을 때도 이름은 갈 수 있잖아. 그러니까 이름을 정확하게 쓸 줄 아는 것은 매우 중요한 일이란다."

선생님은 종이를 다시 돌려 주며 말했다.

"정확하게 쓰기 위해서는 연습을 해야 한단다. 양쪽 다 쓰도록 해라."

백 쪽을 쓴다 해도 달라지는 것은 없을 것이다.

쉬는 시간 직전에 종이를 걷으면서 보니 여전히 징코프의 이름은 알아볼 수 없었다. 물론 그리 중요한 일은 아니었다. 징코프처럼 형편없이 쓰는 아이를 만난 것이 처음은 아니니까.

글씨를 도무지 읽을 수 없게 쓰면서도 모든 과목에서 A를 받는 학생을 가르친 적이 있었다. 때때로 운동 기능에 문제가 있어 글씨를 제대로 못 쓰는 경우도 있다. 아이를 위해서, 선생님은 징코프가 단순히 글씨를 잘 못 쓰는 것이기를 바랐다.

쉬는 시간!

정확히 열 시에 징코프는 새터필드의 1학년, 2학년, 3학년 아이들과 섞여 운동장으로 뛰어나갔다.

처음 몇 분 동안 징코프는 실망했다.

쉬는 시간은 뭔가 다르고 새로운 것이리라 기대했다. 하지만 단순히 자유 시간이라는 것을 알게 되었다. 쉬는 시간은 여태까지 알고 있던 생활의 또다른 이름인 것이다. 단지 좀 짧을 뿐. 그의 쉬는 시간은 이미 8년 동안 계속되었다. 그런데 이제는 고작 15분으로 줄었을 뿐이다. 징코프는 짧은 시간을 최대한 활용할 작정이었다.

징코프는 다시 교실로 뛰어들어갔다. 아무도 말리지 않았다. 보는 사람도 없었다. 쉬는 시간에 교실로 다시 들어가는 사람은 아무도 없었다.

징코프는 사물함에서 기린 모자를 꺼내 다시 운동장으로 달려갔다.

"야, 저것 봐! 저기 모자 쓴 녀석 좀 봐!"

누군가 소리쳤다.

잠시 뒤 징코프 주변으로 아이들이 몰려들었다. 모자를 만지려고 손을 뻗는 아이들도 있었고 "한 번 써 봐도 돼?"라고 묻는 아이도 있었다.

그 때 갑자기 모자가 사라졌다.

어떤 아이가 징코프의 머리에서 모자를 낚아채 달아나며 자기 머리에 눌러 썼다. 다른 손들이 모자를 낚아챘다. 모자가 이 손에서 저 손으로 왔다갔다했다. 아이들이 소리지르며 웃어 댔다.

이번에는 2학년 아이가 모자를 갖고 달아났다. 그 아이는 빠른 속도로 운동장 둘레를 돌았다. 갈색과 노란색의 모자가 마치 진짜 기린처럼 그 아이의 머리 위에서 흔들렸다.

징코프는 막 웃었다. 그 광경이 너무나 웃겨서 그게 자기 모자라는 사실을 잊어버렸다.

그 때 붉은 머리의 키가 큰 4학년 소년이 달리기 주자 앞에 서서 손을 내밀었다. 그러자 그 2학년 아이는 모자를 벗어 넘겨 주었다.

붉은 머리 4학년은 모자를 유심히 살펴보았다. 소년은 모자를 머리에 쓰는 대신 팔을 집어 넣어 어깨 위로 들어올렸다. 손가락을 머리 부분에 집어 넣어 기린이 고개를 끄덕이거나 말하는 것처럼 만들어 보였다. 그러고는 키가 비슷한 친구에게로 걸어가서는 기린의 입으로 친구의 코를 콱 물어 버렸다.

모두들 웃었다. 징코프도 웃었다. 쉬는 시간 감독 선생님도 웃었다.

그 4학년은 멀찍이 떨어져 있는 1학년에게로 돌아섰다.

"이거 누구 모자냐?"

징코프가 달려나갔다. 그러다 그만 발에 걸려 넘어져 얼굴을 바닥에 부딪치고 말았다. 모두 웃었다. 징코프도 웃었다.

징코프는 붉은 머리의 키 큰 소년에게 다가갔다. 보통 1학년들이 4학년에게 다가서는 것보다 훨씬 바짝 다가갔다.

"내 모자예요."

징코프는 키 큰 소년의 얼굴을 똑바로 바라보며 자랑스럽게 말했다.

그러자 소년이 웃으며 머리를 천천히 가로저었다.

"이건 내 모자야."

징코프는 빤히 올려다보았다. 소년의 얼굴이 마음에 들었다. 징코프는 지금까지 웃으면서 동시에 아니라고 흔드는 얼굴을 본 적이 없었다.

징코프는 뭔가 잘못되었다고 생각했다. 아마도 동물원에 갔던 그 날, 그 형도 동물원에 갔다가 실수로 모자를 두고 왔나 보다. 형이 자기 것이라고 하는 것도 무리는 아니었다.

징코프는 슬펐다. 그 형이 자기 것이라고 생각하는 그 모자를 정말 좋아했기 때문이다. 한편으로는 슬프지 않았다. 그 형이 모자를 돌려받으면 무척 행복할 것 같았기 때문이다.

그 형이 징코프를 내려다보며 웃었다.

징코프는 웃음이 혼자 있는 것을 좋아하지 않는다는 것을 알고 있었다. 그래서 위에 있는 웃음에게 자신의 멋진 웃음을 보냈다.

"좋아요."

징코프는 명랑한 목소리로 말했다.

순간 4학년 형의 표정이 일그러졌다. 징코프는 자신도 모르게 그 형을 골탕 먹인 셈이 된 것이다.

4학년 소년은 징코프가 모자를 돌려받으려고 한바탕 소동을 벌이기를 기대했다. 울거나 난리를 떨 줄 알았다. 1학년들이 난리를 피우는 것은 재미있었다. 그런데 지금 그 재미를 빼앗기고 말았다. 앞에서 웃고 있는 이 작은 벌레 같은 녀석에게 그 재미를 빼앗긴 것이다.

키 큰 소년은 모자를 벗었다.

"내 거 아니야, 이 바보야."

기린의 뿔 하나로 징코프의 이마를 찌르며 말했다.

"1학년들은 정말 멍청해."

친구를 향해 돌아서며 말했다. 소년은 고개를 저으며 히죽 웃었다.

친구들도 웃었다. 소년은 모자를 땅에 집어 던지고 그 위를 밟고 지나갔다.

징코프는 모자를 주워 들었다. 모자에 먼지가 묻어 있었다. 그 때 갑자기 키 큰 소년이 돌아보았다. 징코프는 그 소년이 다시 모자를 밟고 싶을 것 같아 모자를 땅에 떨어뜨렸다. 하지만 소년은 웃으며 가 버렸다.

징코프의 엄마는 수업을 마치고 나오는 아들을 기다렸다. 집에 돌아오는 동안 징코프는 믿을 수 없는 학교 첫날에 대해 줄곧 재잘거렸다.

"선생님 좋으니?"

엄마가 물었다.

"너무 좋아요. 선생님이 우리를 '어린이 시민' 이라고 불렀어요."

징코프가 말했다.

"천 번 축하한다."

엄마는 자신의 키만큼 올라온 징코프의 모자를 가볍게 두드리며 말했다.

"별 주실 거예요?"

징코프가 기쁜 얼굴로 물었다.

"물론이지."

엄마는 늘 은빛 별이 든 헐렁한 비닐봉지를 갖고 다녔다. 엄마는 별을 하나 꺼내 침을 묻혀서는 징코프의 셔츠에 붙였다.

"여기 있다."

징코프가 별을 보려고 고개를 숙이자 모자가 땅으로 떨어졌다.

엄마가 모자를 주워 머리에 썼다. 징코프가 깔깔 웃으며 손뼉을 쳤다. 엄마는 집으로 가는 내내 모자를 쓰고 있었다.

징코프는 집 앞 계단에 앉아 아빠를 기다렸다.

아빠는 우체부이다. 아빠는 하루 종일 걸어서 편지를 배달하지만 우체국과 집을 오갈 때는 낡은 자동차를 탄다.

아빠는 새 차를 살 여유가 없기 때문에 중고차를 산다. 중고차를 살 때마다 아빠는 흥분해서 "정말 멋진 차야."라고 말한다. 한두 달쯤 지나면 어김없이 그 멋진 차는 고물이 된다. 재생타이어가 닳고, 카뷰레터가 쿨럭거리고, 안전벨트는 망가진다. 아빠는 끈과 테이프로 혹은 아교풀로 안전벨트를 붙여 둔다. 곧 멋진 차에 대한 아빠의 믿음만 빼고는 모든 것들이 덕지덕지 붙어 있게 된다.

그래서 엄마가 아들에게 "또 고물차가 됐네."라고 속삭이는 날이 잊지 않고 돌아오게 된다. 징코프는 깔깔대며 고개를 끄덕이지만 아빠 앞에서는 절대로 '고물차'라는 단어를 입 밖에 내지 않는다. 아빠의 마음을 다치게 할 수도 있기 때문이다.

엄마가 "고물차"라고 말을 한 뒤 얼마 지나지 않으면 차는 완전히 고장난다. 주로 비오는 날 아침 출근길에서. 자동차는 길에서 단 1센티미터도 더 움직이는 것을 거부한다. 아빠는 아교풀 천 개로도 어쩔 수 없다는 것을 깨닫는다. 그러면 바로 다음 날 그 차를 없애고 새로운 멋진 차를 고르기 시작한다.

여태까지 그 일이 네 번 있었기 때문에, 엄마와 아들은 그들끼리만 그 차를 "고물차 4호"라고 부른다.

차가 나타나기도 전에 징코프는 고물차 4호의 소리를 들었다. 마치 영화에서 보았던 코끼리 울음소리 같았다. 차가 모퉁이를 돌아 덜컥거리며 멈추자 징코프는 길로 뛰어나갔다. 여느 때와 마찬가지로 뭔가 타는 듯한 냄새가 났다.

"아빠, 저 학교 갔었어요!"

징코프가 소리치며 아빠 품으로 뛰어들었다.

"별을 보니 그런 것 같구나."

아빠는 징코프를 끌어안고 집 안으로 들어갔다.

징코프는 저녁을 먹는 동안에도, 저녁을 먹고 나서도, 잠자리에 들기 직전까지 학교 첫날 이야기를 했다. 엄마가 한 마지막 말은 평소처럼 "기도해라."였다.

엄마가 깃털 이불과 환상적인 식탁보가 들어 있는 트렁크 속에 기린 모자를 숨기는 동안 징코프는 셔츠에 붙여져 있던 별을 잠옷에 옮겨 붙였다. 그러고는 침대로 들어가 하느님에게 학교 첫날을 모두 이야기했다. 별에게도 말했다.

그 때 징코프는 하늘에 있는 별과 엄마의 비닐봉지 안에 있는 별이 다르다는 것을 알지 못했다. 가끔 별이 하늘에서 떨어지고, 엄마는 도토리 줍듯 별을 줍는다고 믿었다. 또 하늘에서 떨어진 별은 너무 뜨겁고 눈부시기 때문에, 엄마가 두꺼운 장갑과 검은 선글라스를 써야 한다고 생각했다. 엄마가 그 별들을 냉장고 안에 45분 동안 넣어 뒀다 꺼내면 별은 은빛의 납작한 모양이 되고, 뒷면이 끈적거려 셔츠에 붙일 수 있게 된다고 생각했다.

이러한 믿음 때문에 징코프는 아직 떨어지지 않고 하늘에 남아 있는 별들이 친근하게 느껴졌다. 징코프는 별들을 밤에 빛나는 불빛이라고 생각했다.

잠들기 전 어렴풋하게, 징코프는 하늘에 떠 있는 별이 더 많을까, 학교에 가야 하는 날이 더 많을까 궁금해졌다. 정말 멋진 질문이지 않은가?

7. 재법

정말 놀라운 일이 아닐 수 없다. 징코프는 날마다 첫날 같았다. 모든 일들이 첫날의 설렘을 되살아나게 했다. 두 음절 단어 읽기, 순례자에 관한 신발 상자 영화(*신발 상자 안에 영화를 보는 것처럼 꾸민 뒤 구멍을 뚫고 보는 것) 만들기, 스페인어로 다섯까지 세기, 물과 개미와 충치에 관한 공부, 대피 훈련, 친구 사귀기.

징코프는 저녁을 먹을 때마다 부모님에게 그 날 있었던 일을 이야기했다. 그러면 아빠는 언제나 징코프에게 질문했다.

"치카무가 뭐지?"라거나 "부걸루가 뭐야?", "킨카추는?" 혹은 "푸키푸는?" 같은 질문들.

그 말들은 징코프를 즐겁게 해 주기는 했지만 재미있는 말장난에 지나지 않았다. 단어들은 옆구리에 손가락을 댄 것처럼 징코프를 간질였다. 아빠가 새로운 단어를 말할 때마다 징코프는 포크를 놓고 한참 동안 웃었다. 마치 재미있는 단어들이 거센 바람이라도 되는 듯 징코프는 자꾸만 한 쪽으로 기울어지는 바람에 의자에서 떨어지기까지 했다.

최고의 단어를 말한 사람은 미크 선생님이었다.

어느 날, 선생님은 교실 앞에 서서 농구공 10억 개를 줄 세운다면 얼마나 길지 설명하고 있었다.

"만약 여러분이 첫 번째 공을 여기에 놓는다면."

선생님은 바닥을 가리켰다.

"그 줄은 아마 문 밖으로 나가 현관을 지나 운동장을 가로질러 거리로 나가 '재빕' 까지 뻗어 나갈 거예요."

교실은 믿을 수 없다는 눈으로 출렁대는 바다가 되었다. 와!

"선생님, '재빕' 이 어디에요?"

누군가 물었다.

미크 선생님은 '재빕' 이라고 불리는 곳은 실제로는 없다고 대답해 주었다. 그냥 아주 먼 곳을 말할 때 선생님이 말하는 방법이라고 했다.

바로 그 때, 교실 맨 뒤에 앉아 있던 징코프가 왼쪽으로 기울더니 의자에서 떨어졌다. 선생님이 달려왔다. 징코프의 얼굴은 빨갰고 눈물이 뺨을 타고 흘러내렸다. 게다가 숨을 헐떡였다.

"징코프! 징코프!"

선생님은 징코프를 큰 소리로 불렀다.

징코프는 눈물이 맺힌 눈으로 선생님을 올려다보았다. 그러고는 숨을 헐떡이며 한 마디를 내뱉었다.

"재빕!"

징코프는 바닥을 마구 두드렸다.

그제야 미크 선생님은 징코프가 죽어 가는 게 아니라 단지 웃고 있다는 것을 알게 되었다.

징코프가 진정하고 수업이 계속될 수 있기까지는 꼬박 5분이 걸렸다. 미크 선생님은 다른 학생들에게 그 날 수업이 끝날 때까지 '재빕'이란 말을 입 밖에 내지 말라고 명령했다. 자신도 쓰지 않겠다고 했다. 그럼에도 불구하고 그 단어가 징코프의 머릿속에 떠오를 때마다 뒷줄에서 킬킬거리는 웃음소리가 간간히 들려왔다.

그 날 저녁, 징코프는 고물차 4호가 오는 소리를 듣고 달려 나갔다. 차가 멈춰 서자마자 징코프는 차 옆으로 달려갔다.

"아빠! 아빠! '재빕'이란 말 들어 보셨어요?"

"물론이지."

아빠가 열린 창문으로 내다보며 말했다.

"난 '자븝'이란 말도 들어 봤는걸."

징코프는 길을 걸으며 중얼거렸다. 재빕, 자븝.

저녁을 먹으면서도 불쑥불쑥 중얼거렸다.

식사 시간이 점점 살벌해졌다. 엄마 아빠는 처음에는 인내심을 갖고 웃어 보이다가 나중에는 그만하면 충분하다고 말했다. 하지만 징코프는 멈추지 않았다. 결국엔 으깬 감자가 징코프의 코로 날아들었고 징코프는 방으로 쫓겨났다. 그 날 밤 징코프는 기도하는 내내 깔깔거리다 잠이 들었다.

그 주 내내 징코프는 학교에서 맨 뒷줄에 앉아 웃음을 터뜨렸다. 그럴 때마다 다른 친구들의 웃음도 자극되었다. 가끔 징코프가 시작하면 아이들은 선생님이 얼굴을 돌릴 때까지 기다렸다가 그 금지된 단어를 속삭였다. 미크 선생님은 꾹 참았지만 가끔은 거의 미칠 지경에 이르렀다.

그러던 어느 날, 선생님은 몹시 화가 났다.

"징코프, 이리 나오너라."

징코프가 선생님 앞으로 나가자 선생님은 책상 서랍에서 뭔가를 꺼냈다. 그것은 동그랗고 노란 버튼이었다. 아이들이 보았던 것 중에 가장 큰 버튼이었는데, 커다란 바람개비 모양의 태피 사탕(*설탕과 버터와 땅콩 등을 함께 넣고 졸여 만든 사탕)만 했다. 거기에는 까만 글씨가 쓰여 있었다.

"뭐라고 적혀 있는지 읽어 줄래?"

징코프는 버튼을 살펴보다가 결국에는 고개를 흔들었다.

"자, '나는 얌전히 있겠습니다.' 라고 적혀 있단다."

선생님은 버튼을 징코프의 셔츠에 핀으로 꽂았다.

"나는 네가 얌전히 굴 수 있을 거라 생각한다."

징코프는 한 시간 동안 버튼을 달고 있었다. 그 동안 한 번도 웃지 않았다. 미크 선생님은 작전이 성공했다고 생각해서 버튼을 떼어 다시 서랍 속에 넣었다. 하지만 징코프가 다시 웃기 시작했다. 징코프는 다시 버튼을 받았다.

이 일이 며칠 간 계속되었다. 지난 해 버튼을 받았던 2학년들은 징코프가 끊임없이 웃는다는 것을 들었다.

"오늘 버튼 받았니?"

운동장에서 2학년들이 징코프에게 물었다.

어느 날, 미크 선생님이 교실을 잠깐 비워야 할 일이 있었다. 돌아왔을 때 징코프가 손을 들었다.

"왜 그러니, 징코프?"

"선생님이 안 계실 때 웃었어요."

그제야 선생님은 징코프에게 노란 버튼은 벌이 아니라 영광의 배지였다는 것을 알게 되었다. 그 때부터 선생님은 서랍에서 버튼을 꺼내지 않는 것으로 징코프에게 벌을 주었다.

버튼을 받건 받지 않건, 징코프는 학교를 좋아했다.

어느 날, 징코프는 다른 식구들보다 일찍 일어났다. 혼자 옷을 입고 스스로 아침을 챙겨 먹은 다음 이를 닦고 학교로 출발했다.

'난 학교에 일찍 가야 해.'

교통 지도를 하는 학부모도 보이지 않았고, 길에는 아이들이 한 명도 없었다.

징코프가 학교 앞 계단에 앉아 교문이 열리기를 기다리고 있는데 고물차 4호 소리가 들렸다. 고물차 4호가 학교 앞에 멈추더니, 엄마 아빠가 차에서 내려 달려왔다.

"징코프, 널 얼마나 찾았는지 아니? 집에 없어서 말이야."

"나 혼자서 학교에 왔어요."

징코프는 자랑스럽게 말했다.

엄마 아빠는 서로 바라보았다. 엄마는 입술을 깨물었다.

"혼자서 학교에 오다니 우리 징코프가 다 컸구나. 그런데 오늘은 학교 수업이 없단다. 오늘은 토요일이잖아."

아빠는 징코프를 안아 올리며 말했다.

미크 선생님은 징코프를 2학년으로 올려 보낼 때 성적표 뒷면에 이렇게 썼다.

"징코프는 가끔 자기 조절 능력에 문제가 있어 보입니다. 좀 더 나아지기를 바랍니다. 또한 좋은 성품을 지녔습니다. 징코프는 아주 행복한 아이입니다. 그리고 학교를 무척 사랑합니다!"

8. 친구

1학년에서 2학년으로 올라가는 방학에 징코프는 새로운 친구들을 사귀게 되었다. 한 명은 동생 폴리였고, 또 한 명은 이웃집에 사는 앤드류였다.

징코프가 처음 폴리를 보았을 때, 엄마는 "이것 봐."라며 이불을 끌어내렸다.

징코프는 흠칫 놀랐다. 아기의 기저귀에 은빛 별이 두 개나 붙어 있었기 때문이다. 아기는 태어난 지 하루도 안 되었다. 그런데 도대체 어떤 일을 했기에 별을 두 개나 받은 걸까? 징코프는 한 번에 별을 한 개 이상 받아본 적이 없었다.

"엄마, 별이 두 개네요. 아기가 뭘 했지요?"

징코프가 물었다.

"가장 훌륭한 일을 했지."

엄마는 이불을 끌어올리며 말했다.

"태어났잖아."

징코프는 이해할 수 없었다.

"나도 태어났잖아요. 아니에요?"

엄마가 징코프의 손을 토닥거렸다.

"물론이지. 너도 폴리랑 똑같이 태어났지."

"그런데 왜 나는 두 개를 받지 못했어요?"

징코프가 물었다.

"못 받았다고 누가 그래?"

"저도 받았어요?"

징코프의 얼굴이 환해졌다.

"미안해. 농담이었어. 그런데 그 때는 내가 별을 나눠 주지 않았을 때였거든."

엄마는 고개를 저었다.

엄마는 징코프에게 용기를 줘야겠다고 생각했다.

"태어난 걸 축하하는 별을 지금 받는 건 어때? 아예 안 받는 것보다 좋겠지?"

"와!"

징코프의 얼굴이 다시 환해졌다.

하지만 엄마의 이야기는 끝나지 않았다.

"이건 어때? 우리 이렇게 해 보자. 너한테 정말 좋지 않은 날을 기다리는 거야. 그래서 그 날 별을 두 개 받는 거야. 그러면 기운이 나지 않을까?"

징코프는 곰곰이 생각했다. 기다리는 건 싫지만 그렇게 하는 것은 좋았다.

"좋아요."

징코프는 엄마와 악수했다. 그러고는 이불 쪽으로 가서 아기의 발을 흔들었다.

한 달 뒤에 옆집에 새로운 사람들이 이사를 왔다.

그 날 엄마는 딸기 천사 케이크를 구워 옆집 문 앞에 섰다. 징코프도 엄마를 따라갔다.

"우리가 이웃을 환영한다는 뜻이야."

엄마가 설명했다.

엄마가 초인종을 누르고 인사하는 동안 징코프는 엄마 옆에서 있었다.

"이사 오신 것을 환영합니다."

엄마는 아줌마에게 케이크를 건넸다.

그런 다음 징코프를 소개했다.

"제 아들 징코프예요."

아줌마가 징코프를 내려다보며 웃었다.

"안녕, 징코프. 나도 아들이 있는데 이름이 앤드류란다. 넌 몇 살이니?"

아줌마가 징코프의 손을 잡고 악수하며 물었다.

"여덟 살이요."

징코프가 대답했다.

"앤드류랑 똑같구나."

징코프는 놀라서 엄마와 아줌마를 바라보았다.

"와! 나랑 똑같다고요!"

징코프는 집 안을 들여다보았다.

"지금 집에 있어요?"

"있긴 한데, 숨어 있어. 절대로 나오지 않을 거래. 우리가 살던 집에서 멀리 이사 온 것 때문에 화가 단단히 난 모양이야."

아줌마가 말했다.

징코프는 잠깐 동안 생각했다. 그러고는 손가락을 하나 들어 보였다.

"좋은 생각이 있어요. 앤드류에게 우리 아빠가 우체부라고 말해 주세요. 그 얘기를 들으면 아마 밖으로 나올 거예요."

징코프는 우편배달이 가장 재미있는 일이라고 생각하고 있었다.

아줌마가 진지하게 고개를 끄덕였다.

"한 번 시도해 보마."

엄마와 함께 집으로 돌아오는 길에 징코프는 또다른 생각이 떠올랐다.

"제가 앤드류를 위해 특별 환영을 해 볼게요."

"좋은 생각이구나. 케이크 말이니?"

엄마가 말했다.

"아뇨. 과자요."

엄마는 안 된다고 말하지 않았다.

징코프의 엄마 아빠는 정말 필요한 일이 아니면 안 된다는 말을 하지 않으려고 애썼다. 그래서 징코프가 과자를 굽겠다고 했을 때, 엄마는 그냥 묻기만 했다.

"어떤 과자?"

"스니커두들이요!"

징코프는 주저하지 않고 말했다.

스니커두들은 징코프가 가장 좋아하는 과자이다. 모든 과자가 맛있지만 스니커두들은 그 이름 때문에 두 배로 맛있게 느껴진다. 가끔 아빠는 '스누커디들'이라고 말해서 징코프를 한 시간 동안 웃게 만들기도 한다.

징코프는 스니커두들을 아주 크게 만들어서 앤드류가 그것을 보기 위해서 집 밖으로 나오게 해야겠다고 생각했다.

식탁에서 과자를 만들면 적어도 식탁만큼 큰 과자를 만들 수 있을 것 같았다. 하지만 엄마는 과자가 그렇게 크면 오븐에 넣을 수 없다고 지적했다. 그래서 팬에 가득 찰 만큼 커다란 직사각형의 과자를 굽기로 결정했다.

엄마가 도와 주려고 할 때마다 꼬마 요리사는 엄마에게 소리를 질렀다.

"나 혼자 할 수 있어요."

그래서 엄마는 그냥 방법만 알려 주고 용감무쌍한 아들이 부엌을 엉망으로 만드는 동안 "하늘이시여, 도우소서."라고 중얼거리기만 했다. 밀가루와 계란이 사방에 날아다녔다. 아마 앞으로 몇 주 동안 식구들은 바스락거리며 설탕 가루를 밟고 다녀야 할 것 같았다.

마침내, 기적적으로, 과자가 구워졌다.

징코프는 엄마에게서 장갑과 팟홀더(*냄비를 들 때 쓰는 도구)를 빼앗아 들고 여전히 "나 혼자 할 수 있어요."라고 말하며 오븐에서 뜨거운 팬을 꺼내서는 식탁 위에 올려놓았다.

언제나 참을성이 없는 징코프는 역시나 팬이 식을 때까지 기다리지 못했다. 징코프는 김이 모락모락 나고 있는 과자에다 숨이 다할 때까지 후후 불어 댔다. 손으로 마구 부채질을 하기도 했다.

마침내 장갑 없이도 잡을 수 있을 만큼 팬이 식었다.

징코프는 과자를 들고 옆집으로 달려갔다. 벨을 누르자 아줌마가 문을 열었다.

"안녕, 징코프."

"안녕하세요, 아줌마. 앤드류를 위해서 환영의 과자를 만들었는데요. 스니커두들이거든요. 제 생각엔 이걸 바닥에 놓고 잠깐만 기다리면 앤드류가 냄새를 맡고 밖으로 나올 거예요."

"들어오렴."

징코프는 아주 심각했지만 아줌마는 자꾸만 웃었다.

아줌마는 징코프를 거실에 세워 둔 채 위층으로 올라갔다. 징코프는 위층에서 속삭이는 소리를 들었다. 큰 소리로 "싫어요!"라고 말하는 소리도 들었다. 그리고 계단을 내려오는 발자국 소리가 들리더니 마침내 앤드류가 잔뜩 심술이 난 얼굴을 하고 해가 높이 떴는데도 잠옷을 입은 채 나타났다.

"안녕."

징코프가 말했다.

"내 이름은 징코프야. 옆집에 살아. 환영의 과자를 만들었어. 스니커두들이야."

앤드류의 얼굴에 생기가 돌았다. 그러고는 몸을 굽혀 과자 냄새를 맡더니 역시나 정신을 빼앗기고 말았다.

징코프는 엄마가 준 주걱으로 손을 뻗었다. 모름지기 과자란 팬에서 나와 손에 쥐어지기 전까지는 진짜 과자라고 할 수 없는 법.

징코프는 팬을 바닥에 내려놓았다. 그러고는 거대한 스니커두들을 팬에서 떼어 냈다. 두 손으로 따뜻하고 부드럽고 천국의 향기가 나는 환영의 과자를 들어올려 앤드류에게 내밀었다. 그런데 앤드류가 과자에 손을 대자, 밑에 받친 게 없었던 과자는 제 무게를 이기지 못하고 그만 바닥으로 떨어지고 말았다. 징코프의 두 손에는 한입 크기의 조각만이 남겨져 있을 뿐이었다.

"내 과자!"

앤드류는 공포에 질린 얼굴로 바닥을 노려보며 소리쳤다.

"네가 떨어뜨렸어!"

그러고는 징코프를 향해 소리질렀다.

"난 여기가 정말 싫어!"

앤드류는 소리를 지르며 위층으로 달려갔다.

징코프는 한 손에 있는 과자 조각을 입에 넣었다. 나머지 한 조각도.

징코프는 부서진 과자 조각을 모두 주워 팬에 다시 담아 집으로 가져왔다. 그러고는 집 앞 계단에 앉아 그 날 오후 길을 지나가는 모든 사람들에게 과자를 나눠 주었다. 징코프 스스로 한 일이었다.

고물차 4호가 집 앞에 덜컹거리며 나타났을 즈음 과자는 모두 없어졌다. 아빠가 차에서 내리자 징코프는 아빠에게로 달려가 우편 가방에 머리를 박고 모두 토해 버렸다.

징코프는 위장이 약한 상태로 태어났다. 그래서 일 주일에도 몇 번씩 토했다. 징코프에게는 토하는 게 숨쉬는 것만큼이나 아무렇지도 않은 일이었다.

하지만 끈을 수선하기 위해 우편 가방을 집에 가져온 아빠에게는 그렇지 않았다. 징코프가 어렸을 때도 아빠는 기저귀는 잘 갈아 주었지만 토하는 것은 견디지 못했다.

"엄마에게 갖다 드려."

아빠는 고개를 돌리고 가방을 내밀며 화난 목소리로 말했다.

징코프의 엄마는 징코프가 어렸을 때부터 토할 때의 예절에 대해 단단히 일러 주었다. 즉, 아무데나 토하지 말고 반드시 어딘가 안에다 토해라. 되도록 변기나 양동이 안에다 토하라고 했다. 화장실이나 양동이가 늘 가까이 있는 것은 아니었기 때문에 징코프는 가장 가까이 있는 그릇에다 토하곤 했다. 그래서 몇 번인가 국그릇과 화분, 쓰레기통, 쇼핑백, 겨울 부츠, 부엌 개수대에다 토했고 한 번은 광대 모자에다가도 토했다. 하지만 아빠의 우편 가방에 토한 적은 없었다.

징코프는 엄마가 "하늘이시여, 도우소서."라고 말할 거라 생각했지만 아니었다. 엄마는 침착했다.

엄마는 안고 있던 폴리를 내려놓고 화장실로 가서 가방을 비웠다. 그러고는 빳빳한 솔에 비누를 묻혀 박박 문질러 닦았다. 가죽 크림으로도 문질렀다. 또 방향제를 뿌린 다음 폴리가 타고 노는 보행기 위에 얹어 두었다.

배가 고파진 징코프는 그 날 저녁을 배불리 먹었다. 그러고는 한 쪽 양말 안에다 또다시 토했다.

"하늘이시여, 도우소서."

9. 챔피언

징코프는 축구를 좋아한다.

야구에서는 너무 많이 기다려야 하고 직선도 너무 많다. 농구를 할 때에는 공을 정확하게 던져야 한다. 미식축구는 공을 가진 사람만 재미있다.

하지만 축구는 모든 면에서 자유로운 경기이다. 굳이 계획하지 않아도 되고 무모하기까지 하다. 마치 징코프처럼.

징코프는 여덟 살 가을에 어린이 리그에서 뛰기 시작했다. 징코프의 팀 이름은 '타이탄' 이었다.

매주 토요일 아침, 징코프는 경기장에 가장 일찍 도착해서 감독이 나타날 때까지 솔방울을 차며 기다렸다.

일단 경기가 시작되면 징코프는 쉬지 않고 달렸다. 들쥐를 쫓는 여우처럼 체크무늬 공을 쫓아 지그재그로 달렸지만 좀처럼 공을 잡지는 못했다. 항상 다른 아이가 먼저 잡았다. 징코프는 공이 지나가면 0.5초 뒤에 공을 향해 발을 휘둘렀다. 헛발질은 결국 다른 선수의 정강이나 발목이나 엉덩이를 차는 것으로 끝나곤 했다. 심판을 찬 적도 두 번 있다. 한 번은 자기 자신을 차기도 했다.

"미친 발."

다른 선수들은 멍을 문지르며 징코프를 불렀다.

징코프에게 있어서 골대는 골대일 뿐이었다. 골대가 어느 팀의 것인지 별로 상관하지 않았다. 그래서 축구 시즌 동안 몇 번은 자기 팀 골대로 공을 찼다. 다행히 공은 모두 빗나갔다.

첫 경기는 램블러 팀을 상대로 했다. 경기가 끝났을 때 징코프는 운동선수들이 하는 것을 본 대로 팔짝팔짝 뛰며 주먹을 위아래로 흔들어 대고 "야호!" 하고 소리쳤다. 타이탄 팀에서 그렇게 환호하는 것은 자기뿐이라는 것은 알지 못했다.

"뭐가 그렇게 좋아? 우리는 졌어."

같은 팀의 로버트가 말했다.

그것은 징코프에게 새로운 소식이었다.

경기하는 내내, 심지어 경기가 끝났을 때에도 징코프는 점수 따위에는 관심이 없었다. 졌다는 사실은 분명히 로버트를 슬프게 했다. 얼굴을 봐도 알 수 있었다. 잔디를 걷어차는 것을 봐도 알 수 있었다.

징코프는 주변을 둘러보았다. 타이탄 팀의 선수들은 잔디를 차거나 발을 구르거나 주먹으로 자기 허벅지를 때리고 있었다. 모두 우거지상이었다.

"좋아, 셋에 '램블러 승리.' 라고 하는 거야. 하나, 둘, 셋!"

심판이 타이탄 팀의 선수들을 집합시키며 말했다.

"램블러 승리!"

징코프가 큰 소리로 외쳤다.

"잘 했어!"

그러고는 덧붙였다.

다른 타이탄 팀의 선수들 입에서는 '램블러 승리.' 라는 말이 가까스로 나왔을 뿐이었다.

심판은 타이탄 팀 선수들과 램블러 팀 선수들을 모아 줄을 세웠다. 선수들은 도미노처럼 줄지어 서서 가볍게 손을 치며 지나갔다.

탁탁탁탁.

램블러 팀의 선수들 중에는 우거지상을 한 사람이 아무도 없었다. 그저 계속 "좋은 경기였어, 좋은 경기야."라고 했다. 징코프는 "좋은 경기였어."라고 말해 준 유일한 타이탄 팀의 선수였다.

타이탄 팀의 선수들은 옆에서 기다리고 있는 부모들에게 달려갔다. 자신들이 얼마나 진지한 축구 선수인가를 보여 주기라도 하는 듯 잔디를 차고, 무릎 보호대를 거칠게 떼어 내고, 셔츠를 벗어 바닥에 던지고 그 위에서 발을 굴렀다. 어떤 아이는 무릎을 꿇고 잔디에 머리를 부딪치며 소리를 지르기도 했다.

징코프도 당당한 타이탄 팀의 선수이고 싶었다. 그래서 잔디를 찼다. 셔츠와 신발과 양말까지 벗어 바닥에 내동댕이치고 그 위에서 발을 굴렀다. 징코프의 부모님은 입을 떡 벌리고 아들을 바라보았다. 징코프는 무릎을 꿇고 앉아 잔디를 뜯어 공중으로 내던졌다. 폴리의 고무젖꼭지까지 낚아채 던져 버렸다. 그러고는 주먹으로 바닥을 내리치며 소리질렀다.

"안 돼! 안 돼! 안 돼!"

다른 부모들과 선수들도 그 모습을 지켜 봤다.

"너 지금 뭐하는 거니?"

징코프의 엄마가 물었다.

"우리가 져서 미쳐 가고 있어요."

징코프가 무릎을 꿇은 채 올려다보며 말했다.

폴리는 앙앙 울고 있었다.

"아마 더 미치게 될지도 모르겠구나. 일 주일 동안 용돈이 없을 테니까. 5초 줄 테니까 얼른 고무젖꼭지를 찾아와라."

징코프는 좀더 괜찮은 패자가 되기로 결심했다. 몇 주 동안 뒷마당에서 패배 연습을 했다. 연습한 것을 보여 줄 기회는 오지 않았다. 타이탄 팀이 남은 경기를 모두 이겨 버렸기 때문이다. '미친 발'은 경기에 눈곱만큼도 도움이 되지 않았다.

한 번은, 놀랍게도, 눈 앞에 아무도 없이 징코프 혼자 공을 몰고 있었다. 뒤에서 들리는 휘파람과 환호성에 잔뜩 신이 난 '미친 발'은 계속 공을 몰다가 경계선을 한참 지나친 것을 깨닫지 못했다. 다른 축구 경기장을 두 개나 지난 뒤 징코프가 멈춰 선 곳은 주차장이었다.

어떤 때는 공에다 토한 적도 있었는데 그것을 본 다른 아이 둘이 번갈아 토했다.

그 사건 뒤에 타이탄 선수 몇 명은 감독에게 징코프를 다른 팀으로 보내 달라고 요청했다. 하지만 곧 아이들은 그렇게 되지 않은 것을 다행으로 여기게 되었다.

축구 시즌의 마지막 경기는 타이탄 팀과 호넷 팀의 결승전이었다. 호넷 팀도 단 한 경기에 졌을 뿐이었다. 경기의 승자가 곧 챔피언이 되는 것이었다.

하지만 '미친 발'에게는 보통 경기와 다를 바 없었다. 징코프는 여기저기 많이 뛰어다녔다. 발을 많이 휘둘렀지만 공과는 한 번도 연결되지 않았다. 가끔 자신의 주변을 휘몰아치는 움직임을 따라잡으려고 원을 그리며 달리다가 어지러움을 느꼈을 뿐이다.

후반전이 끝나갈 무렵, 점수는 여전히 0대 0이었다. 그런데 징코프가 호넷의 골대 앞에서 공이 어디 있나 두리번거리고 있는데 갑자기 공이 날아와 징코프의 머리를 쳤다. 공은 골대 안으로 들어가 골로 연결되었다. 그 순간 징코프는 환호하는 선수들에게 둘러싸였다. 1대 0.

타이탄 팀이 어린이 챔피언이 되었다!

타이탄 팀은 정신을 잃을 지경이었다. 캥거루처럼 폴짝폴짝 뛰었다. 땅에 등을 대고 누워 다리를 공중에 마구 휘저었다. 아빠의 어깨 위에 목말을 타고 손가락을 치켜들고 환호성을 지르는 아이도 있었다.

"우리가 이겼다!"

징코프도 거의 정신이 나갈 것 같았다. 물구나무를 서 보려고 하기도 했다.

"우리가 이겼다!"

폴리의 얼굴에 대고 소리쳤지만 폴리는 눈만 깜빡거릴 뿐이었다. 아빠의 어깨 위에서 목말을 타고 넓은 세상을 향해 소리질렀다.

"우리가 이겼다!"

바로 그 때 아래를 내려다보니, 옆집에 사는 앤드류의 얼굴이 보였다. 앤드류는 호넷 팀이었다. 징코프는 그렇게 슬픈 얼굴을 한 번도 본 적이 없었다. 마치 원숭이 얼굴 같다는 생각이 들었다.

그제야 검정과 노랑이 섞인 셔츠를 입은 호넷 선수들의 얼굴이 보이기 시작했다. 그들은 풀이 죽은 채 잔디밭에 서 있었다. 자기 부모 앞에 기가 죽어 서 있을 뿐 누구도 목말을 타고 있지 않았다. 모두 원숭이 얼굴을 하고 울거나 어깨가 축 늘어져 있었다.

타이탄 팀의 선수들은 트로피를 받았다. 모든 선수들이 하나씩 받았다. 징코프는 지금까지 트로피를 받은 적이 없었다. 트로피는 발끝에 축구공이 달린 축구 선수의 모양이었는데, 검정색 돌 받침 위에 올려진 축구공과 축구 선수 모두 금빛이었다. 마치 햇빛처럼 눈부셨다. 징코프는 그렇게 아름다운 것을 본 적이 없었다.

타이탄 팀의 선수들이 트로피에 입 맞추는 것을 보고 징코프도 트로피에 입을 맞추었다. 그러는 동안 호넷 팀의 선수들은 주차장으로 힘없이 걸어갔다.

"앤드류! 앤드류!"

징코프가 뛰어가며 소리쳤다.

주차장에 있던 앤드류와 아줌마가 돌아보았다. 징코프가 가쁜 숨을 몰아쉬며 다가왔다.

"앤드류, 이거."

그러고는 트로피를 내밀었다. 앤드류의 눈빛은 징코프의 행동이 마땅하다고 말하고 있었다.

"이거 가져."

앤드류가 손을 내밀었다. 하지만 아줌마가 앤드류의 손목을 붙잡았다.

"정말 착하구나, 징코프. 하지만 이걸 받은 사람은 너야. 앤드류도 언젠가는 자기 트로피를 받게 될 거야."

순간 앤드류의 손가락이 갈고리 발톱처럼 굽었다. 금으로 된 트로피가 멀어져 가는 것을 느낀 것 같았다.

"나 트로피 갖고 싶어!"

앤드류는 아줌마의 손에 붙들려 차로 끌려가며 계속 소리쳤다.

그 날 오후, 징코프는 뒷문 계단에 앉아 있었다. 징코프 옆에 있는 트로피는 여느 때보다 밝게 빛났다.

징코프는 자기가 개발한 '막대기 위의 벌레' 라는 놀이를 하고 있었다. 옆집 뒷마당에는 보라색 팬지가 가득 핀 정원 옆에서 앤드류가 다리를 꼬고 앉아 있었다. 두 손으로 턱을 괴고 있었는데 여전히 슬픈 얼굴이었다.

"이거 같이 할래?"

징코프가 물었다. 앤드류가 고개를 저었다.

"골목으로 나갈래?"

앤드류가 다시 고개를 저었다.

징코프가 여러 가지로 물었지만 그 때마다 앤드류는 슬픈 표정으로 고개를 저었다.

잠시 뒤 징코프는 놀이에 싫증이 났다. 앤드류를 바라보았다. 딱히 다른 말이 떠오르지 않았다.

징코프도 슬펐다. 앤드류 때문이 아니라 다른 이유 때문이었다. 축구 시즌이 끝나서였다. 축구는 최고다. 경기에 있어서는. 징코프는 슬픈 기분에서 벗어나고 싶었다.

징코프는 트로피를 갖고 집 안으로 들어갔다. 잠시 뒤 뒷문을 열고 계단 위에 트로피를 두고는 다시 안으로 들어갔다.

나중에 나왔을 때 트로피는 없었다.

10. 괴발개발 글씨

어느 새 2학년이 된 징코프는 출발부터 선생님과 좋지 못했다.

징코프는 선생님에게 앞으로 학교에 다닐 날이 얼마나 남았냐고 물었다. 비즈웰 선생님은 여태까지 이렇게 귀찮고 엉뚱한 질문은 처음이었다. 새 학년 첫날, 선생님이 밝고 빛나는 모습으로 서 있는데 맨 앞줄에 앉은 이 아이는 고등 학교를 졸업하는 날까지 기다리지 못한다는 생각이 들었다. 무례하고 모욕적으로 느껴졌다.

“정말 멍청한 질문이구나.”

선생님은 하마터면 이 말을 할 뻔했다. 하지만 대신 이렇게 말했다.

“걱정하지 마. 아마도 넌 학교를 일찍 나갈 것 같구나.”

징코프는 단지 천 단위의 진짜 큰 수를 듣고 싶었을 뿐이다. 그러면 학교를 다닐 수 있는 날이 영원히 끝나지 않을 것 같았기 때문이다.

징코프는 모든 선생님이 첫날을 미크 선생님처럼 시작한다고 생각했던 자기가 틀렸다는 것을 깨달았다.

비즈웰 선생님은 알파벳순으로 자리를 정했기 때문에 징코프는 맨 뒷줄에 앉았다(*징코프의 이름은 Zinkoff로 알파벳순으로 했을 때 맨 마지막이다.).

다음으로 징코프가 한 나쁜 일은 웃는 것이었다. 웃는 것 자체가 나쁜 일은 아니지만 징코프는 징코프인지라 웃음을 멈추지 못했다. 잠깐 멈췄다가도 곧 다시 웃기 시작했다.

이것은 징코프의 잘못이었다. 징코프는 만능 웃음쟁이였다. 징코프는 재미있을 때도 웃고 기분 좋을 때도 웃었다. 가끔은 나쁜 일이 생겼을 때도 웃었다. 징코프는 웃는 게 숨쉬는 것만큼이나 자연스러웠다.

어느 날, 운동장에서 징코프의 웃음소리에 화가 난 3학년이 징코프의 손목을 비틀어 등 뒤로 돌렸다. 손목을 어깨 쪽으로 당기면 당길수록 징코프는 눈물을 흘리면서도 더 크게 웃었다. 질려 버린 3학년은 결국 포기했다.

징코프의 반 친구들은 징코프가 얼마나 잘 웃는지 알고 있어서, 심심할 때는 징코프에게 혀를 내밀거나 코딱지를 파서 손가락으로 튕겼다. 징코프가 웃는 걸 보는 게 즐거운 것이 아니라 곤란에 빠지는 것을 보는 게 즐거웠기 때문이다.

비즈웰 선생님은 아이들을 좋아하지 않았다. 선생님이 직접 말한 적은 없지만 모두 다 아는 사실이었다.

처음에는 아이들을 좋아하지 않는 사람이 왜 선생님이 되었는지, 다른 사람들이 궁금해했다. 그러다가 해가 거듭될수록 비즈웰 선생님 자신이 궁금해졌다. 일 년에 한 번씩 비즈웰 선생님은 "왜 나는 선생님이 되었을까?" 하고 큰 소리로 물었지만 남편이나 고양이 세 마리에게서는 답을 얻지 못했다.

사람들은 비즈웰 선생님은 웃지 않는다고 생각한다. 하지만 이것은 사실이 아니다. 비즈웰 선생님은 일 년에 대여섯 번 정도 웃는다. 다만 돌로 조각한 듯 변함없는 우거지상이라 아무리 웃어도 찌푸린 얼굴이 달라지지 않을 뿐이다.

얼굴만 봐서는 비즈웰 선생님이 화가 났는지 아닌지를 알 수 없다. 그 때는 선생님의 손을 봐야 한다. 화가 나면 선생님은 손가락을 구부려 깍지를 낀다. 점점 더 화가 나면 마치 모래투성이 비누로 손을 씻기라도 하는 듯 두 손을 아주 세게 비벼댄다.

비즈웰 선생님은 엉성한 것을 가장 싫어했다. 전에도 엉성한 학생들을 많이 만나 보았지만 징코프만큼 엉성한 아이는 없었다. 특히 연필을 손에 쥐었을 때 더 그랬다. 숫자는 징코프에게 있어서 재앙이었다. 5를 쓰면 8처럼 보였고, 8은 0처럼 보였으며, 4는 7처럼 보였다.

그래도 숫자는 10개만 있지, 알파벳에는 망칠 수 있는 글자가 26개나 있다. 선생님은 필기체를 가르치기 시작하면서, 차라리 술에 곯아떨어진 사람에게 쓰기를 가르치는 게 나을 것이라는 생각을 했다. 징코프가 쓴 'o'는 건포도 같았고, 'l'은 술에 취한 칠리고추 같았고, q는 g같고, g는 q 같았다.

줄은 또 어떤지! 징코프는 공책에 그려진 파란 줄을 모두 놓쳤다. 줄 위에, 줄 아래에, 또는 수직으로, 징코프가 쓴 글자들은 길 위의 개미 떼처럼 공책을 가로지르며 무질서하게 떼를 지어 우글거렸다.

선생님은 징코프를 도울 지원자를 찾았다.

앤드류가 지원했다. 매일 30분씩 앤드류는 징코프와 함께 앉아 숫자와 글자를 좀더 잘 쓰도록 도와 주었다. 하지만 일 주일 뒤 징코프의 글씨는 전보다 더 엉망이 되었다. 앤드류는 잘렸다.

두 달간의 악몽 같은 필기 공부가 끝나자, 이제껏 참아왔던 선생님은 두 손을 꽉 쥐고 그 '미개한 아이'에게 외쳤다.

"네 글씨는 정말 괴발개발이야!"

그 말의 뜻을 모르는 징코프는 웃으며 "감사합니다!"라고 대답했다.

"내 글씨는 괴발개발이에요!"

그 날 저녁을 먹으며 징코프는 엄마 아빠에게 자랑했다.

"천 번 축하해."

아빠는 스스로를 자랑스러워하는 아들을 보며 말했다.

엄마는 은빛 별을 주었다.

비즈웰 선생님이 보는 모든 면에서 그 'Z소년'은 엉망진창이었다. 색칠 공부 책을 가지고 교실에 있을 때 어떤 일이 생길지 생각만 해도 몸서리가 쳐졌다.

그 아이는 자기 몸도 못 가누었다. 2학년에게는 흔히 있는 일이지만 징코프는 특히 최악이었다. 아무런 이유도 없이 얼굴을 바닥에 뭉갰고, 넘어지지 않고 지나가는 날이 없었다.

징코프가 웃고 있지 않을 때는 허공에서 손을 펄럭댔다. 끊임없이 질문했고, 답을 말하겠다고 계속 지원했다. 정답을 말할 때마다 다섯 개는 틀렸다. 자꾸 틀릴수록 자꾸 대답하고 싶어했다. 맨 뒷자리에서 잘 보이기 위해 징코프는 가끔 의자에 야구 포수처럼 쪼그리고 앉았다가 뛰어올라 손으로 허공을 찌르며 큰 소리로 투덜거리기도 했다.

이런 열등한 학생이 학교를 좋아한다는 것은 비즈웰 선생님으로서는 생각조차 할 수 없는 일이었다. 그래서 선생님은 징코프의 모든 광대 짓과 무모한 열정은 자신을 괴롭히기 위한 계략이라고 결론지었다.

그래도 선생님은 징코프를 용서해 줄 수도 있었다. 엉성하고 서투르고 끝없이 웃어 대고 성가시게 굴지만 아직은 아이인 징코프를. 만약 징코프가 선생님이 편애하는 '총명함'을 가지고 있었다면 말이다.

총명함은 비즈웰 선생님을 행복하게 했다. 선생님은 어릴 적 4학년 때 2학기 학기말 시험에서 모두 A를 받는가 하면 교내 과학 박람회에서 상까지 받았다. 그 뒤 선생님은 성적에 높은 관심을 보였다.

선생님으로 지내는 동안 총명하다고 할 만한 학생은 오직 아홉 명뿐이었다.

안타깝게도 징코프는 그 아이들 중의 하나가 아니다. 시험, 쪽지 시험, 연구 과제에서 단 한 번도 A를 받은 적이 없고 한두 개 정도 B를 받았을 뿐이다. 만약 선생님이 그의 답을 이해했다면 C를 몇 개 더 받았을지도 모른다. 하지만 선생님은 으레 그러려니 하고 징코프에게 D를 주었다.

모든 면에서 징코프는 비즈웰 선생님의 인내심을 무너뜨렸다. 징코프는 날마다 선생님의 분필을 닳아 없애게 하는 칠판이었다. 12월이 되었을 때쯤 그 분필은 이제 한 마디쯤 남게 되었다.

징코프가 선생님의 지우개를 망가뜨린 것이다.

비즈웰 선생님은 칠판지우개를 아주 오랫동안 아껴 왔다.

그것은 학교에서 나눠 주는 싸고 허접한 것들보다 훨씬 좋은 지우개였다. 골이 깊고도 탄탄한 천은 마치 스펀지처럼 분필가루를 빨아들였다. 칠판지우개계의 롤스로이스(*영국의 고급 자동차)라고 할 만했다.

선생님은 10년 전 그 지우개를 손수 장만하며 10년 이상은 너끈히 쓸 수 있을 것이라 기대했다. 선생님은 금요일마다 지우개를 집으로 가져가서 마당에 있는 통구이 받침돌에다 대고 탁탁 쳤다. 아무도 칠판지우개를 만지지 못했을 뿐더러 칠판이나 분필도 손끝 하나 대지 못했다.

어느 날, 점심을 먹고 교실에 늦게 돌아온 선생님은 칠판에 뭔가를 쓰고 있는 징코프를 발견했다. 자리에 앉아 있던 다른 아이들은 다같이 숨을 멈추었다. 징코프는 선생님을 향해 웃어 보이고는 다시 글씨를 쓰기 시작했다.

"그만!"

선생님은 소리를 빽 질렀다.

징코프는 멈췄다. 그러고는 눈이 동전만큼 휘둥그레져서 선생님을 바라보았다. 징코프는 선생님이 생각할 수 있는 것보다 훨씬 더 잽싸게 지우개를 집어 들고 칠판을 지우기 시작했다.

"그만! 그만! 멈춰!"

선생님은 비명을 질렀다.

선생님의 비명 소리는 곰의 발톱처럼 징코프를 할퀴었다.

징코프는 잔뜩 겁을 먹고는 지우개를 바닥에 떨어뜨렸다. 그러고는 그 위에다 토하기 시작했다.

"나가! 나가! 저리 가!"

비즈웰 선생님이 소리쳤다.

"나가서 다시는 돌아오지 마!"

선생님이 문 앞에 서서 복도를 가리켰다.

징코프는 밖으로 나갔다.

멍하게 교실을 떠나 복도로 걸어 나갔다. 등 뒤에서 문이 쾅 닫힐 때 또다시 몸이 움찔했다. 징코프는 복도 끝에 있는 문까지 걸어갔다. 문을 열고 밖으로 나가 계속 걸었다. 등 뒤에서 비즈웰 선생님이 손가락질을 하는 게 느껴졌다.

그리고 집에 도착했다.

엄마가 놀란 눈으로 징코프를 바라보았다. 엄마는 코트를 어떻게 했는지 물었고, 떨고 있다고 말해 주었다.

비즈웰 선생님은 교장 선생님에게 그것은 실수였다고 말했다. 자신은 손가락으로 교장실을 가리켰을 뿐이라고 말했다. 교장 선생님은 실수든 그렇지 않든 학교에서 학생을 내쫓는 선생님은 없다고 말했다. 비즈웰 선생님은 잠시 이성을 잃었을 뿐이며, 그런 학생을 상대했다면 누구든 그랬을 것이라고 말했다. 교장 선생님은 '누구든' 은 아니라며 교장실에서 조용히 비즈웰 선생님을 꾸짖었다.

엄마는 교장 선생님에게 전화를 해서 자기 아들에게 다시는 학교로 돌아오지 말라고 한 것이 사실인지 물었다. 교장 선생님은 웃으며 그것은 모두 실수였고 언제든 돌아와도 좋다고 말했다. 바로 다음 날, 징코프는 경비 아저씨가 출근하기도 전에 학교에 도착했다.

그 학년이 끝날 때까지 비즈웰 선생님은 두 주먹을 불끈 쥐고 새로운 롤스로이스 지우개를 구하기 위해 문구점과 문구류 목록을 샅샅이 뒤졌다.

선생님은 자기 돈으로 징코프에게 노란 플라스틱 양동이를 사 줬다. 그러면서 교실 안에서는 양동이 없이 돌아다니지 말라고 말했다. 징코프는 노란 양동이 안에는 절대로 토하지 않았고, 예쁜 돌멩이나 색유리 조각을 담는데 그 노란 양동이를 썼다.

11. 우체부

봄이 되자, 비즈웰 선생님은 최소한 하루는 징코프가 학교에 오지 않을 것이라고 예상했다. '아이와 함께 일터로 가는 날'이 있기 때문이다. 징코프의 아빠는 우체부이고, 징코프는 이 다음에 우체부가 되고 싶다고 늘 말한다. 틀림없이 징코프는 그 날 아빠와 함께 일하러 가고 싶을 것이다.

하지만 선생님의 생각은 맞기도 하고 틀리기도 했다.

징코프는 분명히 '아이와 함께 일터로 가는 날'에 학교를 빠지고 싶어했지만, 우체국에서는 아이를 데리고 배달하는 것을 허락하지 않았다. 그렇게 데리고 다니는 것이 위험하며, 우편배달 차의 좌석도 하나밖에 없었기 때문이다.

징코프는 몇 년 전부터 아빠에게 일터에 데려가 달라고 졸랐다. 다른 친구들이 엄마 아빠를 따라 일터로 가는 것을 가만히 앉아 보고만 있을 생각을 하면 너무 고통스러워 견딜 수가 없었다. 징코프는 날마다 아빠를 졸랐다.

"그럴 수 없어. 우체국에서 나를 해고할 거야. 아빠가 잘리면 좋겠니?"

아빠가 말했다.

징코프는 고개를 저으며 입을 삐죽 내밀었다. 그러고는 잠시 뒤 다시 졸랐다.

이런 날들이 계속되었다.

마침내 아빠에게 좋은 생각이 떠올랐다.

"좋아, 좋아. 공식적으로는 너를 일터에 데리고 갈 수 없지만, 그건 일하는 날에는 데리고 갈 수 없다는 뜻이지. 지프에 태워 줄 수도 없어. 그래서 말인데……."

징코프는 아빠의 계획을 듣고 곧바로 옆집 앤드류에게 달려갔다.

"난 나만을 위한 날을 잡을 거야. '징코프와 함께 일터로 가는 날' 이야. 이번 주 일요일에 난 아빠 일터에 갈 거야. 그러면 아빠가 잘리지 않는대."

"난 진짜 '아이와 함께 일터로 가는 날' 에 아빠와 함께 갈 건데."

앤드류가 말했다.

"우리 아빤 우체부야. 난 편지를 배달할 거야."

징코프가 말했다.

“우리 아빠 은행원이야.”

앤드류가 말했다.

앤드류는 뒷마당에서 팬케이크 주걱으로 탁구공을 벽에다 치고 있었다. 그 탁구공은 몇 주 전에 징코프에게 빌린 것이었다.

“난 돈을 벌 거야.”

“난 아빠의 고물차를 탈 거야.”

“난 기차를 타고 갈 거야. 시내까지 가야 해.”

“난 아빠의 우편 가방을 맬 거야. 아빤 진짜 무겁다고 하셨지만 내가 맬 거야.”

앤드류는 돌아서더니 할 수 있는 한 세게 그리고 높이 공을 쳤다. 공은 징코프네 지붕 위로 날아가 빗물받이 홈통으로 쏙 들어갔다.

“난 우리 아빠 책상에 앉을 거야. 아빠가 그러는데 부사장님 의자에도 앉을 수 있대.”

징코프는 홈통을 올려다봤다. 하나뿐인 탁구공이었다.

“난 아빠랑 같이 점심을 먹을 거야. 우리 고물차에 앉아서 먹을 거야.”

“우린 레스토랑에서 먹을 건대. 시장님도 가끔 가는 레스토랑이래. 아빠가 그러는데 월급이 오르면 여기를 떠날 거래. 다시는 이런 쓰레기더미 같은 곳으로 오지 않을 거래."

징코프는 주변을 둘러보았지만 쓰레기더미는 보이지 않았다. 앤드류 아빠가 도대체 무슨 쓰레기더미를 이야기한 건지 궁금했다.

햇빛에 눈이 부셔서 더 이상 홈통을 올려다볼 수 없었다.

징코프는 공식적인 '아이와 함께 일터로 가는 날'에 앤드류가 아빠와 함께 시내로 가는 것을 보았다. 앤드류는 정장을 입고 넥타이까지 맸다. 작은 은행가처럼 보였다.

이틀 뒤 일요일은 '징코프와 함께 일터로 가는 날'이었다.

그 날을 준비하기 위해 징코프 씨는 아들에게 봉투와 종이 한 더미를 가져다 주었다. 일요일에는 배달해야 할 공식적인 편지가 없기 때문에 편지를 만들어야 했기 때문이다.

징코프는 편지를 썼다. 40통, 50통, 60통, 그보다 더 많이. 사람들이 편지에 쓸 것 같은 말들을 상상해서 썼다. 종이에 줄이 없었기 때문에 징코프는 어른이 된 듯한 기분이 들었다. 다 쓴 편지를 접어 봉투에 넣고는 주소를 쓰고 봉투의 오른쪽 위에 도장 대신 크레파스로 그림을 그렸다. 그렇게 해서 다 된 편지를 우편 가방에 넣었다. 무려 100통이나 되었다!

일요일, 징코프 가족은 서둘러 교회에 다녀왔다. 집에 돌아온 다음 2분 뒤에 이 마을의 새로운 우체부는 모든 준비를 마쳤다. 냉장고에서 점심 도시락을 꺼냈다. 전날 밤에 갈색 종이봉투에 도시락을 두 개 싸 두었다.

아빠에게 점심 도시락을 들게 하고 징코프는 큰 가죽 가방을 맸다. 가방은 발뒤꿈치까지 늘어졌다. 징코프는 가방을 질질 끌며 거실 바닥을 가로질러 현관으로 나가 계단을 내려가고, 다시 길을 가로질러 고물차까지 갔다. 그러고는 간신히 차에 실었다.

징코프 씨는 아들이 기대하는 오늘 하루를 멋지게 만들어 주기로 했다. 아들이 멀리 여행하듯 일터까지 한참 걸려서 가고 싶어한다는 것을 알고 있었다. 그래서 15분 동안 차를 이리저리 몰다가 집에서 세 구역 떨어져 있는 치과의 빈 주차장에 차를 댔다. 윌로우 가였다.

징코프는 차에서 뛰어내려 일을 시작하려 했다.

"워, 워, 거기 서. 이 녀석아."

아빠가 징코프를 붙잡으며 말했다.

그러고는 아들에게 몇 가지 지시 사항을 말했다. 치과부터 시작하기. 집마다 편지 한 통씩 놓기. 집을 몰래 들여다보지 말기. 프로처럼 행동하기.

"아빠, '프로처럼 행동하기' 가 뭐예요?"

징코프가 물었다.

"그건 말이야. '진짜 일 잘 하는 어른처럼 행동하라.' 는 뜻이지. 그래야 일당도 받지."

아들은 멍한 얼굴로 아빠를 바라보았다.

"일당도 받나요?"

"물론이지. 일이 끝나면. 5달러란다."

"5달러라구요!"

징코프는 기뻐서 팔짝 뛰려고 했지만 우편 가방 때문에 뛸 수가 없었다.

"그리고 한 가지 더."

아빠가 말했다.

"이게 없으면 진짜 우체부가 될 수 없지."

아빠는 뒷좌석으로 손을 뻗어서 모자를 집었다. 보통 모자가 아니라 아빠가 쓰고 다니는 우체부 모자였다. 무더운 여름날 반바지 유니폼을 입을 때 쓰는 푸른색의 모자였다.

징코프는 마음이 설렜다. 모자를 썼다. 물론 너무 커서 귀와 코까지 내려왔지만 상관 없었다. 모자를 가능한 머리에 잘 눌러 쓰고 치과 정문까지 편지가 든 가방을 뒤꿈치에 부딪치며 걸었다. 비틀거리느라 모자가 머리에서 떨어질 듯 흔들거렸다.

"아빠, 한 가지 더 있어요."

징코프가 멈춰서더니 뒤돌아보며 소리쳤다.

"그게 뭔데?"

"친절하게! 우체부는 친절해야 해요."

"맞다. 이제 일하러 가거라."

치과의 우편함은 주차장 끝에 있었다. 징코프는 가방의 방향을 바꾸어 가방에 손을 집어 넣더니 편지 한 통을 꺼내 우편함에 넣었다. 그러고는 의기양양해져서 차 안에 있는 아빠를 돌아보며 손을 흔들었다.

"예!"

99통 남았다.

아래 구역으로 출발했다. 윌로우 가에 있는 몇몇 집은 단독주택이었고, 나머지 집들은 징코프의 집처럼 벽돌로 된 타운하우스(*한 건물에 여러 세대가 함께 사는 집)였다. 어떤 집들은 울타리에 우편함이 있었고 어떤 집들은 현관에 길고 가느다란 우편 구멍이 있었다.

첫 번째 집은 우편 구멍이 있었다. 징코프는 그 안에 편지를 넣었다. 편지가 떨어지는 소리를 들으려고 했지만 들리지 않았다. 구멍은 딱 징코프의 눈높이에 있었다. 손가락으로 조용히 놋쇠 뚜껑을 밀어 보았다. 모자를 벗고 눈을 구멍에 갖다 댄 다음 바닥에 떨어진 편지를 보려고 안간힘을 썼다. 하지만 보이는 것은 초록색 양탄자뿐이었다. 좀더 재미있는 게 보이기를 기대하며 살펴보았지만, 가구와 사냥개 네 마리가 카드놀이를 하고 있는 그림이 벽에 걸린 평범한 거실만 보였다.

"훔쳐보지 않기!"

아빠의 목소리가 거리를 천천히 배회하고 있는 고물차 4호의 부르릉 소리를 뚫고 들렸다.

징코프는 얼른 놋쇠 뚜껑을 닫았다. 그러고는 모자를 쓰고 다시 일을 했다.

징코프는 곧 알게 되었다. 우편함에 편지를 넣는 것보다 우편 구멍에 편지를 떨어뜨리는 게 더 재미있다는 것을. 우편함에 편지를 넣으면 아무도 편지가 왔다는 것을 바로 알지 못했다. 하지만 우편 구멍을 통해서는 편지가 집으로 바로 들어가게 되어 있기 때문에, 가끔 문 안쪽에서 사람들이 말하는 소리가 들리기도 했다.

"엄마! 엄마! 편지 왔어요!"

징코프는 문 밖에서 그 소리를 들었다. 징코프는 문 앞 계단에 서서 잠시 기다렸다.

"일요일에는 편지 안 와."

엄마의 퉁명스러운 대답이 들려왔다.

"아니에요. 왔어요! 일요일에 편지가 왔다구요. 보세요!"

징코프가 웃으며 걸어갔다. 마치 산타클로스가 된 것 같은 기분이었다.

또다른 집에서 막 구멍으로 편지를 떨어뜨리려는데 문이 열렸다. 기저귀를 차고 입에는 초콜릿을 잔뜩 묻힌 두 살쯤 되어 보이는 꼬마가 서 있었다.

둘은 한동안 서로를 바라보았다.

"난 우체부야."

징코프가 먼저 말했다. 그러고는 편지를 내밀었다.

"아바바바."

두 살배기가 말했다.

징코프는 그 꼬마가 남자인지 여자인지 분간할 수 없었다. 그 아이의 볼은 입에 넣은 뭔가로 터질 것 같았다. 땅콩버터 냄새가 진동했다.

"자, 받아, 너한테 온 편지야."

징코프가 말했다.

두 살배기는 초콜릿 묻은 손으로 편지를 받았다. 그러고는 갑자기 돌아서더니 울면서 달려갔다.

"아바바바!"

징코프는 문을 닫았다.

몇 집을 지났을 때, 한 아이가 계단 꼭대기에 앉아 있었다. 잔뜩 화가 난 것처럼 보였다. 우편함은 벽돌 벽에 붙어 있는 번지수 아래에 못으로 고정되어 있었다.

징코프는 어떻게 해야 할지 몰랐다. 편지를 우편함에 넣어야 할까, 아니면 그 아이에게 주어야 할까? 하지만 그 아이가 여기 사는 애가 아니라면 어떡하지?

"너 여기 사니?"

징코프가 물었다. 그 아이는 징코프를 빤히 바라볼 뿐 대답하지 않았다. 아빠의 고물차는 길에서 계속 부르릉거리고 있었다.

징코프는 이 아이가 여기 살고 있을 것이라고 생각했다. 하지만 진정으로 프로다운 행동은 그 편지를 우편함에 넣는 것이라고 생각했다. 징코프가 우편함으로 손을 뻗자 그 아이가 편지를 낚아챘다.

아이는 봉투를 보더니 인상을 찌푸렸다.

"편지가 아니잖아."

"편지 맞아. 난 지금 편지를 배달하고 있어. 봐, 이건 우리 아빠의 우편 가방이야."

징코프가 말했다.

"이건 편지가 아니야."

아이가 다시 말했다. 아이의 입술은 '편지' 라고 말할 때 비웃음으로 일그러졌다.

"도장도 없잖아. 크레파스로 그려 놓고. 주소도 아니야. 읽지도 못하겠어."

그 아이는 봉투를 찢어서 열었다.

"이건 편지를 쓴 게 아니야. 그냥 낙서야."

그러고는 편지를 반으로 찢어 가방에 다시 쑤셔 넣었다.

징코프는 비가 오나 눈이 오나 우체부는 편지를 배달해야 한다고 생각했다. 하지만 이렇게 편지를 조각조각 찢어 버리는 심술꾸러기 앞에서는 어떻게 해야 할지 몰랐다.

징코프는 고물차 4호를 돌아보았다. 아빠가 엄지를 들어올려 보았다.

징코프는 잊지 않았다. '친절하라.'

"만나서 반가웠어."

징코프는 그 아이에게 최대한 웃어 보이며 말했다. 그러고는 다시 편지 배달을 시작했다.

어떤 집에서는 개가 짖는 소리가 들렸다. 어떤 집에서는 알아들을 수 없는 말이 들렸다. 사람들이 내는 잡다한 소리도 들렸다. 한 번은, 물론 그럴 수는 없겠지만, 언젠가 영화에서 보았던 날아다니는 공룡이 내는 것과 똑같은 소리도 들렸다.

우편 구멍으로 들여다보려고 할 때마다 아빠가 소리쳤다.

"훔쳐보지 않기!"

하지만 징코프도 어쩔 수 없었다.

잠깐 동안 징코프는 아주 이상한 생각을 했다. 사실 징코프가 그 생각을 한 것이 아니라, 마치 고양이가 그림자를 잡으러 쫓아다니는 것처럼 징코프의 마음이 그 생각을 잡고 싶어한 것이다. 만약 징코프가 그 생각을 잡을 수 있다면 그 생각은 이런 것이다.

'문 뒤에서 믿을 수 없는 일 또는 불가능한 일이 일어나고

있었는데, 징코프가 우편 구멍의 뚜껑을 열자마자 모든 것이 사라지고 보통의 거실만 보인다.'

집 쉰여섯 채와 치과 한 군데의 우편배달을 마치고 두 번째 구역의 마지막 집에 이르렀을 때 아빠가 소리쳤다.

"점심 시간이다!"

12. 윌로우 가 900번지

고물차를 주차해 놓은 뒤, 징코프는 아빠와 함께 앞자리에서 점심을 먹었다.

징코프는 점심에 대해 정말 많이 생각했다.

여느 날 같았으면 땅콩버터를 바른 바나나 샌드위치, 초콜릿 한 봉지와 딸기 트윈키(*하얀 크림이 들어 있는 노란 과자)를 챙겼을 것이다. 하지만 그건 우체부가 먹는 것들이 아니다. 그래서 직접 볼로냐 소시지와 치즈와 양상추와 피클과 겨자를 넣어 샌드위치를 만들었다. 징코프가 선택한 후식은 사과였다. 보온병에 커피를 넣어오고 싶었지만 엄마는 카페인이 없는 아이스티를 담아 주었다.

뒷좌석에 우편 가방과 모자가 타고 있는 고물차 안에서 아빠와 함께 먹은 점심은 징코프에게 가장 근사한 점심 식사였다. 징코프는 아이스티를 빨간 플라스틱 컵에 부어 커피인 것처럼 생각하고 마셨다.

샌드위치 절반을 먹었고, 사과 두 입, 아이스티 한 모금을 마셨다.

"어디 가니?"

징코프가 차 문을 열자, 아빠가 물었다.

"다시 일하려요."

징코프는 기다릴 수가 없었다. 너무 들뜬 나머지 제대로 먹을 수도 없었다.

"문을 닫고 좀 쉬어라. 허겁지겁 점심을 먹고 달려나가면 안 돼. 점심 시간은 단순히 먹기 위해서 있는 게 아니야. 일하는 사람에게는 휴식이 필요하단다."

아빠의 말에, 징코프는 문을 닫고 팔짱을 꼈다. 천장을 바라보며 휘파람을 불었다.

아빠가 웃었다.

"쉬고 있는 거니?"

"네."

"그럼, 그냥 쉬기만 하지 말고 이야기를 좀 하자. 수다를 떨자구."

"무슨 수다를 떨어요?"

"무슨 이야기든."

징코프는 그리 오래 생각하지 않아도 되었다.

"아빠, 눈이 올 것 같아요?"

"언젠가는 오겠지. 다음 겨울에 말이야. 하지만 오늘은 아니야. 지금은 따뜻한 4월이잖니?"

"아, 그럼 비는요?"

아빠는 하늘을 올려다보았다.

"올 것 같지 않구나."

"우박은요?"

징코프는 잔뜩 희망을 갖고 물었다.

"미안하다."

"쳇!"

징코프는 의자를 주먹으로 내리쳤다.

징코프는 우체부가 하는 일 중에서 눈이나 비, 우박, 태풍, 회오리바람을 뚫고 편지를 배달하는 것이 가장 멋지다고 생각했다. 징코프는 아빠가 귀마개에 고드름을 달고 집으로 돌아온 날 우체부가 되기로 결심했기 때문이다.

"와, 아빠, 힘들어요?"

아빠가 눈과 얼음을 털어 내는 것을 보고 징코프가 물었다.

그 때 아빠의 대답을 결코 잊을 수가 없다. 아빠는 모자에서 고드름을 하나 떼어 내더니 이쑤시개처럼 입 안을 쑤시며 말했다.

"전혀 아니야. 식은 죽 먹기지."

그 날부터 교실 창 밖으로 폭풍이 휘몰아치는 게 보이면, 눈보라를 뚫고 멋있게 걸어가며 "식은 죽 먹기야…… 식은 죽 먹기야…….."라고 말하는 아빠가 떠올랐다.

전날 밤, 징코프는 잠들기 전에 다음 날 눈보라가 치기를 간절히 기도했다. 잠에서 깨자마자 창문으로 달려갔지만 밖에는 눈부신 햇살만 가득했다. 날씨가 나빠질 조짐이 있는지 하늘과 땅을 유심히 살펴보았지만 우박 한 톨 찾아볼 수가 없었다.

"그렇지만 말이야, 네가 걱정해야 할 게 날씨 하나만 있는 건 아니란다."

"그래요?"

"개가 물 수도 있고 사나운 고양이가 덤빌 수도 있어. 바나나 껍질을 밟고 미끄러질 수도 있지. 거북이에 걸려 넘어져서 코가 깨질 수도 있어. 코뿔소도 있다구."

"코뿔소라고요?"

징코프의 눈이 휘둥그레졌다.

"그래. 코뿔소가 동물원에서 도망쳐서 편지 배달 구역에 나타나지 않는다고 누가 장담하겠니? 그런 일이 일어나지 말라는 법도 없잖아?"

징코프는 그런 법에 대해서 한 번도 생각해 본 적이 없었다.

"그런 것 같아요."

"자, 밖은 아주 위험한 세상이야. 우체부는 말이지, 눈이나 비보다도 훨씬 더한 것들과 맞서야 한다구."

아빠는 고개를 끄덕이며 말했다.

"야호!"

징코프가 소리쳤다. 그러고는 창 밖을 내다보며 세상이 보기만큼 안전하지 않다는 사실에 안심했다.

"이제 점심 시간이 끝났나요, 아빠?"

아빠가 시계를 보았다.

"거의. 기다리는 노인에 대해 이야기할 시간은 충분하구나."

"누구요?"

징코프가 아빠를 바라보았다.

"기다리는 노인. 다음 구역, 그러니까 900번지 가에서 만나게 될 거야. 윌로우 가 924번지. 우편함 뒤에 있는 창문으로 볼 수 있어."

"편지를 기다리나요?"

징코프는 잔뜩 궁금해졌다.

"아니야. 동생을 기다리고 있어. 32년 동안 동생을 기다렸대. 동생은 베트남 전쟁에 참전했는데 MIA가 되었고 결국 돌아오지 못했대."

징코프는 먼 곳 어디선가에서 슬픔이 느껴졌다.

"MIA가 뭐예요?"

"작전 중에 실종됐다는 뜻이지(*Missing In Action: 전투 중 행방불명). 죽은 게 거의 확실하긴 하지만 시체를 찾지 못한 거란다."

"아빠도 그렇게 생각해요?"

아빠는 창 밖을 내다보았다. 그러고는 천천히 고개를 끄덕였다.

"그런 것 같아."

"그럼, 기다리는 노인은 그렇게 생각하지 않는 건가요?"

"그런 것 같아."

32년이라니! 징코프는 상상조차 할 수 없었다. 징코프는 어떤 것을 위해 단 32초도 기다리지 못한다. 물론 동생은 단지 '어떤 것'이 아니다.

32년이라. 동생을 위해 그렇게 오래 기다릴 수 있을까? 폴리를 위해 그렇게 오래 기다릴 수 있을까?

"좋아. 잡담은 이만하면 됐다. 이제 일어설 시간이구나. 갈까? 사람들이 편지를 기다리고 있어."

아빠가 손뼉을 치며 말했다.

징코프는 뒷자리로 기어가서 모자를 쓰고 가방을 맨 뒤 차에서 내렸다.

이 특별한 날에는 밖으로 나와 돌아다니는 코뿔소도 없고 거북이도 없었다. 바나나 껍질도 없었다.

징코프는 정말 '기다리는 노인'을 보았다.

벽돌에 924라고 하얗게 적힌 숫자 옆 창문으로 얼굴이 보였다. 파자마 차림인 것 같았다. 하얗게 센 머리는 귀 주변에는 많았지만 정수리 부분에는 적었다. 할아버지는 징코프가 왔던 길을 바라보고 있었다.

징코프가 계단 맨 꼭대기에 서자 창문에 닿을 수 있을 만큼 가까워졌다. 하지만 기다리는 노인은 얼굴을 돌리지도 않았고, 심지어 징코프가 거기 있다는 것도 모르는 것 같았다. 눈도 깜빡이지 않고 그저 길을 바라보고 있었다.

징코프는 자신이 느낀 것보다 훨씬 더 오래 기다리는 노인을 지켜 보았다. 이제껏 그 어떤 것을 위해 기다려 본 것보다 더 오래 기다리고 난 뒤에야 길을 다시 나섰다.

다음 집에 도착했을 때 징코프는 무언가 잊었다는 것을 깨달았다. 그러고는 924번지에 편지를 배달하기 위해 달려갔다. 기다리는 노인은 아직 그 곳에 있었다.

몇 집을 지난 뒤 징코프는 뒤에서 누군가 부르는 소리를 들었다.

"우체부 양반! 우체부 양반!"

징코프는 돌아보았다. 모자 챙 밑으로 보기 위해서 머리를 들어야 했다.

머리가 하얀 할머니가 연한 연둣빛의 옷을 입고 계단 위에 서서 편지를 흔들고 있었다. 할머니는 다리가 네 개 달린 알루미늄 보행 보조기에 의지하고 있었다.

"고마워요. 우체부 양반!"

할머니는 징코프를 향해 웃으며 소리쳤다.

"천만에요!"

징코프도 외쳤다. 그러고는 차렷 자세로 경례를 했다.

잠시 뒤 징코프가 예상하지 못했던 순간이 왔다. 가방 안에 손을 넣었는데, 가죽 말고는 아무것도 만져지는 것이 없었다. 가방을 길에 내려놓고 안을 들여다보았다. 아무것도 없었다. 텅 비었다. 편지 100통을 모두 배달한 것이다. '징코프와 함께 일터로 가는 날'이 끝나리란 생각을 한 번도 해 보지 못했다.

고물차 4호는 길가에서 덜덜거리고 있었다.

"이제 끝났다. 집에 갈 시간이야."

아빠가 말했다.

징코프는 마지못해 가방을 끌고 가서 차에 탔다. 모자도 벗지 않았다. 아빠가 일당을 주었다. 징코프는 보지도 않고 주머니에 넣어 버렸다. 그리고 집으로 가는 내내 울었다.

13. 기다린다는 것

앤드류의 아빠 월급이 오른 게 틀림없다. 징코프가 3학년에 올라갈 무렵 앤드류는 떠나 버렸다. 이사를 간 것이다. 마을에서 멀리 떨어진 히더우드라는 곳으로. 집 앞에 자동차 진입로가 있고 나무가 많은 정원이 있는 집으로 갔다고 했다.

3학년 11월에 징코프는 살면서 가장 지독한 시절을 겪어야 했다. 수술을 한 것이다.

병원에 간 징코프가 잠들어 있는 동안, 의사는 징코프 뱃속의 뒤집혀진 위를 바로 돌려놓았다. 좋은 소식은 이제 더 이상 토하지 않는다는 것이고, 나쁜 소식은 3주 동안 학교를 빠져야 한다는 것이다.

징코프는 엄마를 미칠 지경으로 만들었다. 엄마는 10분에 한 번 꼴로 "하늘이시여, 도우소서."라고 말했다.

병원에서 퇴원하고 집으로 온 지 이틀 만에 징코프는 몰래 학교를 가려고 했다. 그래서 엄마는 경보 장치를 만들어 문 앞에 두었다. 만약 아들이 나가려고 하면 경보가 울리게 되어 있었다. 경보 장치는 바로 폴리였다.

이제 폴리는 17개월이 되었다. 아직 말을 못했지만, 딱 하나 하는 말이 '빠이빠이'였다. 그것만은 또렷하게 말했다. 말하기보다는 거의 외치는 수준이었는데 집을 나서는 사람을 보기만 하면 그렇게 인사했다.

아침마다 엄마는 뒷문을 잠갔다. 그러고는 폴리를 태운 보행기를 앞문에 끌어다 두었다. 일을 하다가 '빠이빠이'라는 소리가 들리면 달려나왔다.

그 일은 딱 한 번 있었다.

엄마는 달려나와 문을 반쯤 빠져 나가고 있는 아들과 목청껏 빠이빠이를 외치고 있는 폴리를 발견했다. 폴리 손에는 뭉그러진 초콜릿 컵케이크가 들려 있었다. 뇌물이었다.

징코프는 탈출이 불가능하다는 것을 깨닫고 시간을 보낼 방법을 찾아보기로 했다. 그것은 아주 중대한 일이었다. 왜냐하면 시간은 징코프의 손바닥 위에 마치 코끼리처럼 앉아 있었기 때문이다.

징코프는 기다리는 것을 싫어했다. 세상에서 기다리는 것을 가장 싫어했다. 징코프에게 있어서 기다리는 것이란 기본적으로 '움직이지 않는 것' 을 의미했다. 줄 서서 기다리는 것을 싫어했고, 볼 일을 보기 위해 화장실 문 앞에서 기다리는 것을 싫어했다. 대답을 기다리는 것을 싫어했고, 토스트가 튀어 오르기를 기다리는 것도 싫어했다. 욕조에 물이 차기를 기다리는 것, 수프가 데워지기를 기다리는 것, 수프가 식기를 기다리는 것, 차에서 차례차례 내리느라 기다리는 것을 싫어했다.

무엇보다 징코프가 싫어하는 것은 잠자는 것이었다. 그것은 인류의 저주였다. 날마다 징코프는 잠들지 않으려 애썼고 가능한 아침 일찍 일어났다. 징코프는 밤에 잠을 자는 게 아니라 밤새도록 일어날 시간을 기다렸다. 억지로 침대로 가기는 했지만 잠을 자러 가는 것은 아니었다.

그래서 친척들이나 다른 어른들은 징코프에게 이렇게 물어보는 것을 재미있어 했다.

"징코프, 어제는 언제 잠자리에 들었니?"

"아홉 시예요."

"잠든 건 언제야?"

"잠자지 않았어요."

"밤새 자지 않았다는 거니?"

"네."

스탠리 삼촌은 놀러올 때마다 큰 목소리로 이렇게 외쳤다.

"아! 여기 있었구나! 잠자지 않는 놀라운 녀석!"

앉아서 하는 일들이 있다.

영화 보기, 책 읽기, 교실에서 하는 대부분의 것들.

잠자는 것과 마찬가지로 이것들도 움직이지 않고 하는 것들이다.

하지만 완전히 움직이지 않는 것은 아니다. 그것들이 흥미를 끌거나 생각을 하게 만드는 한, 징코프는 움직이고 있다. 물론 그 때 움직이는 부분은 깜빡이지 않는 눈 뒤에 있어서 보이지 않기 때문에, 징코프를 본다고 해서 알 수 있는 것은 아니다. 그것은 바로 징코프의 뇌이다.

징코프는 자신의 머릿속을 이렇게 상상한다. 징코프는 재미를 느낄 때나 생각하고 있을 때 자기 뇌가 팔꿈치나 무릎처럼 움직인다고 생각한다. 꿈틀거리다가 쭉 뻗고, 이쪽 저쪽으로 기울거나 구부러진다고 상상한다. 뇌가 움직이는 것을 멈추면 그것은 지루하다는 뜻이다. 그 때는 텔레비전이 꺼져 있거나, 책이 덮여 있거나, 선생님이 보이지 않는다.

다행히 징코프가 받은 축복은 지루할 때가 별로 없다는 것이다.

하지만 집에 있는 3주 동안 징코프는 무지하게 지루했다.

징코프는 날마다 창 밖으로 다른 아이들이 학교에 가는 것을 보았다. 학교에 가는 것뿐만 아니라 방을 걸어다니는 정도보다 심하게 움직이는 것조차 금지되었다.

징코프의 세상은 거실의 소파로 한정되었다. 텔레비전이나 책도 이제 지겨워졌다. 퍼즐도, 그림 그리기도 싫증났다. 수술 자리의 바늘 자국도 싫었다.

하루가 끝없이 계속되는 것처럼 느껴졌다. 징코프는 하루 종일 창 밖만 뚫어져라 바라보았다. 시간의 코끼리는 징코프 손 위에 아예 드러누웠다. 이제 기다리는 노인의 길고 긴 기다림을 이해할 수 있을 것 같았다.

일 분이 얼마나 고통스러울 수 있는지, 한 시간이 얼마나 견디기 힘든지 알게 되었다. 말로 표현할 수는 없었지만 시간 자체는 아무것도 아니며 공허하다는 것, 사람은 공허함에 어울리지 않다는 것을 알게 되었다.

어느 날, 시계를 보며 32분이 흐르는 것을 세다가 창문을 돌아보며 혼자 말했다.

"삼, 십, 이, 년."

징코프는 뇌를 던져 버리고 싶었다. 돌멩이처럼, 멀리, 32년 전으로.

하지만 거대한 잿빛 슬픔으로 빠져들 뿐이었다. 그것은 자신의 슬픔이 아니라 기다리는 노인의 슬픔이었다.

슬픔은 모든 곳에 있었다. 지붕에도, 빗물 홈통에도, 벽돌담에도, 골목길에도.

슬픔과 공허함은 같은 것이었다. 그것들은 실종된 군인이 윌로우 가로 돌아오기 전까지는 끝나지 않을 것이다.

징코프는 창문에서 돌아섰다.

갑자기 여동생과 놀아 줘야겠다는 생각이 들었다. 징코프는 동생과 한두 시간 같이 놀면서 동생을 웃겨 주었다.

그리고 자신이 학교에 갈 수 없기 때문에, 학교가 자신에게 와야 한다고 결정했다.

징코프는 스스로를 시험해 보기로 했다.

14. 보일러 괴물

징코프에게 어둠은 하나가 아니라 수없이 많았다. 옷장 속에도 어둠이 있고 침대 밑에도 있다. 징코프가 절대로 볼 수 없는 어둠도 있다. 서랍 속 어둠이다. 어둠을 잡기 위해 아무리 잽싸게 서랍을 열어도 빛이 더 빠르게 쏟아진다. 밖에도 어둠이 있고 안에도 어둠이 있다.

다른 아이들과 달리 징코프는 어둠을 무서워하지 않는다. 집 밖의 어둠은 징코프를 두렵게 만들지 않는다.

아빠는 별들은 멀리 있는 태양이고 그 많은 태양들을 생각하면 밤에도 아늑하고 따뜻한 느낌이 든다고 말했다. 집 안에서, 폴리랑 놀 때 가끔 옷장에 숨으면서도 징코프는 자신만의 햇빛을 갖고 있다고 생각했다. 징코프 자신이 햇빛을 담은 병이었다.

하지만 어떤 면에서 징코프는 다른 아이들과 같았다. 지하실의 어둠을 무서워했다. 징코프가 무서워하는 것은 엄밀히 말해 어두움이 아니다. 어둠 속에서 살고 있는 존재이다. 바로 보일러 괴물이다.

다른 집의 보일러 괴물들처럼 징코프네 괴물도 사람들이 주변에 있을 때면 보일러 뒤에 숨어 보이지 않는다. 사람들이 떠나고 불이 꺼지고 지하실 문이 닫히면, 그래서 가장 순수한 어둠만 남게 되면 괴물이 보일러 뒤에서 나오는 것이다.

그 때 지하실에 있는 것, 그것이 징코프가 상상할 수 있는 가장 무서운 순간이다. 그것이 바로 시험이 될 것이다.

만약 징코프가 2주 내내 지루하지만 않았어도 시험 같은 생각은 떠오르지 않았을 것이다. 하지만 징코프는 무지 지루했고 시험을 치러야겠다는 생각이 떠올랐다. 징코프에게는 이것이 중요하다. 생각이 떠오르면 직접 해 보는 것이다.

어느 날, 엄마가 전화를 하고 있고 폴리는 낮잠을 자는 동안 징코프는 부엌에 있는 문을 열고 지하실로 내려가는 계단 맨 꼭대기에 섰다. 불을 켰다. 저 밑으로 지하실의 모습이 220볼트 전구 불빛 아래 희미하게 드러났다.

계단을 세어 보았다. 아홉 개였다. 하지만 징코프 눈에는 구백 개로 보였다. 끝없는 검은 구멍 속으로 뻗어 있는 구백 개의 계단.

무릎이 떨렸다. 땀에 흠뻑 젖은 한쪽 손으로 난간을 붙들고 다른 한 손으로는 벽을 짚었다. 한 계단을 내려갔다. 마치 장거리 달리기를 한 것처럼 숨이 가빴다. 주저앉고 말았다.

꽤 오랫동안 앉아 있었다. 조금 지나면 기분이 다시 좋아질 거라 생각했지만 그렇지 않았다. 단 1센티미터도 아래로 더 내려가고 싶지 않았다. 하고 싶은 것은 단 하나. 돌아서서 계단 하나를 다시 올라가 불을 끈 다음 지하실을 나가서 문을 닫고 폴리와 함께 노는 것이다. 징코프는 그렇게 하는 것을 상상했다.

하지만 계단을 하나 더 밟고 내려섰다.

지하실의 모습이 좀더 잘 보였다. 차갑고, 금이 가 있는 잿빛의 콘크리트 바닥. 언젠가 흰색으로 칠했지만 지금은 잿빛과 초록빛 줄무늬가 생기고, 틈이 갈라져 물이 스미는 시멘트 벽. 조악하고 오래 된 아빠의 작업대 널빤지. 고대 유적지를 연상하게 하는 이 부서진 구덩이 같은 공간에 세련된 기름보일러와 히터는 어울리지 않았다.

한 계단 더 내려갔는데…… 뭔가 무서운 옆 모습이 휙 지나갔다.

두 손으로 난간을 꽉 잡았다. 휘둥그레진 눈으로 어둠 속을 들여다보았다.

괴물이 뭐라고 말을 했다.

징코프는 도망쳤다.

계단을 올라가 부엌으로, 찬란하고 낯익은 빛 속으로.

바늘 자국이 욱신거렸다.

징코프는 그것이 진짜 괴물이 아니라는 것을 알고 있다. 기름보일러가 웅 소리를 내며 작동을 시작하는 소리라는 것을 알고 있다. 알고 있다. 알고 있다. 그럼에도 불구하고 지하실 문 근처에도 가지 않았다.

다음 날까지는 말이다.

다음 날 징코프는 세 계단 더 내려갔다. 계단 꼭대기보다 잿빛의 콘크리트 바닥에 더 가까울 만큼 지하실로 내려갔다. 돌아보니 부엌의 환한 빛이 보였다.

"이건 그냥 지하실이야, 이건 그냥 지하실이야."

징코프는 혼잣말로 중얼거렸다.

심장은 밖으로 튀어나올 듯 쿵쾅댔다. 바늘 자국이 욱신댔다.

보일러가 윙윙거리는 소리 너머로 엄마의 목소리가 들렸다. 엄마는 요즘 들어 부쩍 통화를 많이 한다. 전화로 헬스클럽 회원권을 판매하는 일을 하기 때문이다.

"제발 나오지 마."

징코프는 보일러 쪽을 향해 속삭였다.

또다른 소리가 들린다. 엄마의 쿠킹 타이머가 째깍대는 소리다. 징코프는 타이머를 5분 뒤에 맞춰 놓고 계단 옆에 두었다. 타이머가 째깍거리는 소리가 마치 시끄러운 북 소리처럼 들렸다. 타이머가 화재 경보음처럼 요란하게 울리자, 징코프는 비명을 지르며 부엌으로 돌아갔다.

세 번째에는 타이머를 가져가지 않았다. 차가운 지하실 바닥에 두 발이 닿을 때까지 한 계단, 한 계단 천천히 내려갔다. 작은 목소리로 숫자를 세기 시작했다. 100까지 셀 때까지 있을 것이다.

보일러실은 지하실이라 아주 시원했다. 머리 위에는 징코프가 사랑하는 태양과 별을 조롱하듯, 220볼트 전구에서 새어 나온 희미한 불빛이 가까스로 빛나고 있었다. 히터 모퉁이가 불빛으로 얼룩져 보였다.

마침내 100까지 다 센 징코프는 부엌으로 돌아갔다.

자신이 해낸 일에 대해 스스로를 축하하며 즐거워지려고 애썼다. 하지만 자신을 속일 수는 없었다. 시험이 아직 끝나지 않았다는 생각을 지울 수 없었다.

다음 날 징코프는 실밥을 뽑으러 병원에 갔다. 그리고 주말이 지나갔다.

월요일에 시험을 다시 시작했다. 첫날 했던 대로 똑같이 세 계단을 내려갔다.

지난 번과 다른 점은 불을 켜지 않았다는 것이다. 계단 꼭대기에 있는 문에서 새어 나오는 빛이 다였다. 징코프는 숫자를 세기 시작했다.

220볼트 전구에서 나오는 약한 빛이라도 있었으면! 징코프는 손을 들어올렸다. 손가락 뒤를 응시하며 시선을 고정시켰다. 실밥은 없어졌지만 남은 상처는 여전히 욱신댔다. 100까지 다 세었을 때 바라보고 있던 손가락이 흔들렸다. 징코프는 계단을 기어올랐다.

다음 날은 여섯 계단을 내려갔다. 절반 이상을 내려간 것이다. 얼굴 앞에 있는 손이 전날보다 덜 선명했다. 징코프는 자신이 숫자를 빨리 세는 것을 깨닫고는 천천히 셌다. 100까지 세려면 영원히 세야 할 것 같았다.

다음 날 바닥까지 내려갔을 때 들어올린 손은 아주 희미하게 보였다. 자기 손 같지 않고 귀신 같았다. 앞에 놓인 짙은 어둠을 억지로 응시했다. 징코프는 새로운 방법으로 숫자를 세기 시작했다.

"내 뒤에 빛이 있다, 다섯…… 내 뒤에 빛이 있다, 열…… 내 뒤에 빛이 있다, 열다섯……."

어떨 때는 트림도 같이 나왔다. 수술을 받은 뒤로 트림을 많이 했다.

"내 뒤에 빛이 있다, 백!"

마지막으로 소리쳤다. 그러고는 나는 듯 계단을 올라갔다.

"무슨 일이니?"

엄마가 달려왔다.

"아무것도 아니에요."

징코프가 대답했다.

"왜 소리를 질렀어? 왜 그렇게 숨이 턱에 찼니?"

"제가요?"

엄마는 징코프의 턱을 잡고 들어올렸다.

"학교에 다시 가는 날에는 파티라도 해야겠구나. 제발 소파로 돌아가거라."

보통 때와 마찬가지로 다음 날도 징코프는 가장 먼저 일어났다.

평소보다 훨씬 더 많이 트림을 했고 무척 긴장되었다. 아침도 제대로 먹을 수 없었다. 지금까지 치른 어두움에 대한 시험은 상당히 어려웠지만 최악의 상황은 아직 오지 않았다.

징코프는 아빠가 일하러 나가시기를 기다렸다. 엄마가 전화기를 들고 일하기를 기다렸다. 거실을 들여다보았다. 경보 장치는 앞문을 지키며 보행기를 타고 있었다.

오랫동안 징코프는 온몸으로 적셔드는 빛을 혼자 느끼고 있었다. 자신이 빛을 빨아들이는 스펀지가 된 상상을 하며 부엌에 앉아 있었다.

한 번도 평범한 것들에 대해 감사해 본 적이 없었다. 토스트기의 은빛 몸체와 살짝 찌그러진 부분, 파란색과 노란색으로 칠해진 네덜란드 소년 모양의 쿠키 항아리, 폴리의 컵에 꽂혀 있는 빨간 빨대.

징코프는 마지막으로 한 번 더 둘러보았다. 이것들을 다시 볼 수 있을까?

들고 온 양말 한 짝을 주머니에서 꺼내 공처럼 뭉쳐 입 속에 쑤셔 넣었다. 그러고는 좀더 앉아 계획을 점검했다. 첫째 날에는 세 계단, 둘째 날에 여섯 계단, 셋째 날에는 바닥.

마침내 징코프는 의자에서 일어나 지하실까지 사형수처럼 애처롭고 느린 걸음으로 걸어갔다.

문을 열고 한 발짝 앞으로 나갔다. 그러고는 등 뒤로 문을 닫았다.

그런데 두려움이 목표를 잃었다는 것을 알게 되었다.

징코프는 어두움을 기대하고 있었다. 그렇다. 정말 캄캄한 어두움.

하지만 그 이상이었다.

그 곳은 소름끼칠 정도로 완벽하게 어두웠다. 순전히 어둠 그 자체였다. 징코프가 사라질 정도로 깜깜했다.

손을 들어 얼굴에 바짝 가까이 갖다 댔는데도 아무것도 보이지 않았다. 반대쪽 팔을 잡으려고 손을 뻗었는데 처음에는 잡지 못했고, 다시 손을 뻗었을 때에야 자신이 여전히 그 곳에 있음을 확인할 수 있었다.

조금 전에 빨아들였던 빛이 솟구쳐 나오기를 기대하며 팔뚝을 꼬집어 보았지만 아무 일도 일어나지 않았다.

문을 향해 천천히 손을 뻗었다. 떨리는 손끝이 손잡이에 닿았다.

'돌려.'

귓속에서 어떤 목소리가 속삭였다.

'돌리고 돌아가.'

징코프가 손에게 말했다.

'돌려.'

하지만 손은 듣지 않았다.

손이 계단 앞으로 나아갔고, 그의 바람과는 정반대로 첫 번째 계단에 몸이 자리를 잡고 앉았다.

두 번째로 알게 된 것은 지난 3일의 계획을 생각할 필요가 없다는 것이다. 모든 것이 오늘에 달려 있다.

지금.

아니면 영원히 하지 않거나.

한 계단 더 내려가서 일곱 계단 남았고…… 한 계단 더 내려가서 여섯 계단 남았고…… 한 계단 더…… 한 계단 더…….

징코프의 소리 없는 비명은 뭉쳐진 양말 안에서 핑계삼을 만한 약점을 찾고 있었다.

한 계단 더…… 한 계단 더…….

괴물은 보일러 뒤쪽에서 나온다. 징코프는 알고 있다. 느끼고 있다. 이제 괴물은 보일러 앞에 있고 계단 쪽으로 움직이고 있다. 괴물은 징코프의 얼굴 바로 앞에 와 있어서 손을 뻗거나 한 계단만 더 내려가면 만질 수도 있다…….

상처가 노래한다…….

징코프는 생각하지 않기로 했다. 그냥 그렇게 했다. 바닥에서 두 번째 계단에서 징코프는 몸을 돌려 계단을 뛰어올라갔다.

부엌의 눈부신 불빛 속에서 물고 있던 양말을 뱉었다. 의자를 붙들고 숨을 헐떡이며 서 있었다. 자신이 도달하지 못하고 멈춘 두 계단에 대해 생각했다. 실패한 것이다. 스스로의 시험에서 낙제했다.

하지만 그런 생각은 잠깐뿐이었다.

전화를 하고 있는 엄마의 목소리가 들렸다. 폴리와 노는 게 좋겠다고 생각했다.

나흘만 지나면 학교에 간다.

15. 징코프, 드디어 발견되다

4학년이 되어서야 징코프는 발견되었다.

물론 징코프는 언제나 그 곳에 있었다. 옆집에, 학교에, 11년 동안 말이다.

그 전에 징코프는 너무 많이 웃고, 수술 받기 전까지는 잘 토하는 아이로 알려져 있었다.

발견되기 위해서 징코프가 특별히 한 일은 없다.

이 모든 발견에 있어서 변한 것은 '대상'이 아니라 '보는 눈'이었다.

징코프는 일 년을 두고 천천히 발견되는데, 그 시작은 새 학년 첫날부터였다.

얄로비치 선생님.

징코프의 첫 번째 남자 선생님이다.

얄로비치 선생님은 반 아이들의 이름이 적힌 카드를 들고 교실 앞에 서 있었다. 이름을 전부 다 그 자리에서 외우기라도 할 것처럼 카드를 한 장 한 장 유심히 살펴보았다. 그러고는 카드들을 몽땅 뒤섞은 다음 다시 정리하기 시작했다. 정리된 카드를 교탁에 내려놓은 뒤 맨 위에 있는 카드를 집어들었다.

"징코프."

선생님은 카드에서 눈을 떼지 않았다.

"징코프. 어디에 있지?"

징코프는 이미 자기가 어디에 있어야 할지 알았기 때문에 교실 구석의 맨 뒷자리에 가서 앉아 있었다.

"네, 선생님!"

징코프가 벌떡 일어서며 차렷 자세로 대답했다.

선생님의 얼굴에 웃음이 번졌다.

"징코프…… 징코프…… 왜 불렀는지 알고 싶나, 징코프?"

선생님이 고개를 들어 징코프를 바라보았다.

"네, 선생님!"

"자네는 내가 맡았던 아이 중에 처음 만나는 'Z'야. 이름이 'Z'로 시작하는 게 흔하지 않은데. 안 그런가, 지이이잉코프?"

징코프는 별로 생각해 보지 않은 문제였다.

"잘 모르겠습니다, 선생님."

"그건 정말 흔하지 않은 일이야. 내 이름은 'Y'로 시작하지. 그래서 언제나 교실 맨 끝자리였지. 뭐든지 언제나 맨 끝자리였어. 알파벳의 저주야. 어떻게 생각해, 징코프?"

징코프는 어떻게 생각하고 어떻게 말해야 할지 몰랐다.

하지만 다른 학생들은 이 문제에 대해 생각하고 있었다. 아이들은 이미 4학년이나 되었으니까.

아이들은 한 학년이 더 올랐다는 것과 무뚝뚝하게 말하는 남자 선생님의 방식을 아직 이해하지 못했다. 하지만 왠지 마음에 들었고 스스로 우쭐한 느낌이 들었다.

"징코프, 첫째 줄에 앉는 인생을 경험해 보는 건 어떻겠니?"

선생님이 앞자리를 가리켰다.

징코프의 눈이 휘둥그레졌다.

"이리 앞으로 와!"

선생님은 손을 크게 흔들었다.

징코프는 "야호!"라고 외치며 앞으로 달려나갔다.

자리 배치가 끝났을 때, 징코프는 1번 자리에 앉게 되었고 'A'로 시작하는 아바노는 구석 자리로 갔다. 징코프와 함께 맨 첫 줄에 앉은 아이들은 이름이 'W'로 시작되는 학생 한 명, 'V'로 시작되는 학생 한 명, 'T'로 시작되는 학생 두 명이었다.

얄로비치 선생님 덕분에 맨 처음 징코프를 제대로 발견하게 된 사람은 바로 징코프 자신이었다.

2학년 때나 3학년 때의 선생님과는 다르게 얄로비치 선생님은 징코프를 좋게 생각하는 것 같았다. 선생님은 징코프가 자신을 새로운 시각으로 볼 수 있게 만드는 의견을 끝없이 제시했다.

예를 들면 첫 번째 주 아침마다 징코프가 교실에 들어서면 선생님이 이렇게 외쳤다.

"Z가 첫 번째가 될 거야!"

어느 날, 얄로비치 선생님이 아침 일곱 시 삼십 분에 학교에 출근했는데 운동장에서 혼자 미끄럼을 타고 있는 징코프를 발견했다.

"정말 제 시간에 오는 법이 없구나!"

선생님이 즐거운 목소리로 소리쳤다.

이전의 다른 선생님처럼 얄로비치 선생님도 징코프의 괴발개발 글씨를 지적했다.

"Z선생, 선생께서 연필을 종이 위에서 움직일 때마다 끔찍한 일이 일어나는군요."

하지만 다른 선생님과는 달리 얄로비치 선생님은 그 말을 웃으면서 했다.

"키보드를 주신 하나님께 감사드립니다."

그리고 이렇게 덧붙였다.

얄로비치 선생님은 칠판에 다소 신경질적이었다.

매주 금요일 정확히 오후 두 시 삼십 분이 되면 칠판을 닦았다. 이를 위해 양동이와 스펀지를 청소 도구함에 보관해 두었다.

11월의 어느 금요일 오후, 선생님은 볼일이 있어서 두 시 삼십 분이 훨씬 지나서 교실에 들어왔다. 징코프가 의자 위에 올라서서 젖은 스펀지로 칠판을 닦고 있었다.

"자네는 퍽 독립적이군, 그렇지?"

선생님이 싱긋 웃으며 말했다.

징코프는 이 말이 질문인지 아닌지도 알 수 없었고 무슨 뜻인지도 몰랐다. 하지만 좋게 들렸기 때문에 어쨌든 좋은 뜻일 거라고 생각했다.

"네, 선생님!"

징코프가 선생님을 내려다보며 말했다.

선생님은 징코프가 일을 다 마칠 때까지 화장실에 다녀왔다.

징코프가 맨 앞줄의 자기 자리로 돌아갔을 때 반 친구들이 박수를 쳤다. 어떤 아이는 휘파람을 불기도 했다.

징코프를 맨 앞자리에 앉히고 좋은 말로 돋보이게 함으로써 얄로비치 선생님은 다른 친구들도 자연스럽게 징코프를 발견할 수 있게 했다. 발견할 수 있게 한 것은 바로 '새로운 눈'이었다.

3학년을 마칠 무렵, 아이들은 대부분 젖니를 갈고 영구치를 갖게 된다.

4학년쯤 되면 눈에도 비슷한 일이 생긴다. 그렇지만 눈은 빠지지도 않고 눈의 요정이 베개 밑에 동전을 넣어 두지도 않는다(*서양에서는 이가 빠지는 아이들에게 이빨 요정이 와서 베개 밑의 젖니를 가져가고 대신 동전을 넣어 둔다는 이야기를 해 준다.). 하지만 어쨌든 새로운 눈을 갖게 된다. '큰 아이의 눈' 이 '어린 아이의 눈' 을 대신하는 것이다.

어린 아이의 눈은 국자이다.

보이는 대로 모두 퍼서 아무런 질문도 하지 않고 꿀꺽 삼켜 버린다.

하지만 큰 아이의 눈은 까다롭다.

어린 아이의 눈이 한 번도 고민하거나 묻지 않았던 것들을 인식한다.

예를 들면 선생님이 코를 푸는 방식이라든가, 친구들이 옷을 입는 맵시나 발음하는 방식 등.

스물일곱 명의 반 아이들은 새롭게 갖게 된 큰 아이의 눈을 징코프에게로 향했다. 그리고 여태까지 한 번도 보지 못했던 것들을 보기 시작했다.

징코프는 지금까지 늘 서툴렀다. 이제야 아이들은 알게 되었다.

징코프는 언제나 어수선하고 장난이 심하고, 학교에 너무 일찍 오고, 늘 깔깔거리며, 공부를 잘 못하고, 내놓는 답이 대부분 틀렸다. 이제야 아이들은 알게 되었다.

아이들은 징코프의 셔츠에 붙어 있는 은빛 별을 보았다. 흐트러진 머리칼과 어설픈 걸음걸이와 뭐든지 자기가 하겠다고 나서는 우스꽝스러운 모습을 알게 되었다.

이제야 모든 것을 알게 되었다. 심지어 징코프의 오른쪽 귓불 아래 목에 있는 동전만한 점까지. 그 점은 11년 동안이나 그 자리에 있었는데, 이제야 아이들이 발견하고 묻는다.

"이게 뭐야?"

선생님이 성적표를 나눠 줄 때, 아이들은 징코프의 어깨 너머로 몰래 보고는 징코프가 A를 하나도 받지 못했다는 것을 알게 되었다. 음악 수업 시간에 선생님이 악기 시범을 보인 다음 레슨 시간표와 오케스트라 지원서를 나눠 주었을 때, 아이들은 그 바보가 여덟 개의 악기 모두에 표시한 것도 보았다.

교내 오케스트라에서 징코프와 함께 연습하는 아이들은 선생님이 말한 대로 징코프가 '천둥 북'을 갖고 있다는 것을 알게 되었다. 징코프가 북을 두드릴 때마다 세 박자 빠르거나 세 박자 느리다는 것도 알게 되었고, 그럴 때마다 아이들은 주춤하며 서로의 '큰 아이의 눈'을 굴리며 선생님을 노려본다. 마치 '어떻게 좀 해 보세요!' 라고 말하듯이.

마침내 선생님은 '어떻게' 했다.

선생님은 징코프에게 틀리는 게 가장 표시 나지 않는 악기인 플루트를 하라고 정해 주었다. 하지만 징코프는 가끔 순서를 바꾸어 클라리넷과 바이올린 사이에서 방황하곤 했다.

오케스트라 단원 아이들은 그 사실을 다른 아이들에게 말했고, 다른 아이들은 자기 부모에게 말했다.

합창단과 오케스트라의 연주회가 있던 그 해 봄, 청중들은 모두 길을 잃고 외롭게 혼자 꽥꽥대는 징코프의 플루트 소리를 듣기 위해 귀 기울였다.

그 해 6월 첫 주, 징코프가 가장 확연히 눈에 띄게 된 사건이 일어났다.

바로 운동회였다.

16. 운동회

운동회는 새터필드 초등 학교에서 수년 동안 계속되어 왔다. 하루를 즐겁게 보내기 위한 취지로 시작된 것이었다. 봄을 축하하는 날이자 학생들의 야외 활동을 위한 행사였다.

1학년, 2학년, 3학년 아이들에게 운동회는 아직 '재미' 의 문제였다. 하지만 4학년, 5학년 아이들에게는 '재미' 보다는 '이기고 지는 것' 의 문제였다.

어린 아이들은 그들만을 위해 만들어진 경기를 즐겼다. 예를 들어 감자 옮기기, 베개 차기, 농구공 던지기, 그림자밟기 등.

큰 아이들은 시합을 한다. 열 가지 시합이 있는데 모두 릴레이 형식이다. 자루 입고 달리기, 뒤로 달리기, 한 발로 뛰기, 앉아서 뒤로 달리기 등. 아홉 가지 시합은 바보 같고 정상이 아닌

것들이다. 마지막 시합이야말로 가장 시합다운 시합이었다. 크고 빠른 아이들에게는 이게 진짜 시합이었다.

각 학급은 네 팀으로 나뉘었고, 각 학년마다 여덟 팀이 있었다. 각 팀에는 정해진 색깔이 있었다. 학생들은 같은 학년끼리 시합을 했다.

얄로비치 선생님이 감독이었다.

선생님은 집에서 가늘고 긴 천들을 가지고 왔다. 머리띠였다. 선생님 반의 팀 색깔들은 보라, 빨강, 초록, 노랑이었다. 징코프는 보라 팀이었다.

운동회 출전하기 전에 얄로비치 선생님은 학생들은 모이라고 했다.

"나는 너희 모두를 응원한다. 빨간 팀, 초록 팀, 보라 팀, 노랑 팀. 4학년의 다른 팀은 모두 홍역이야. 너무 싫어!"

아이들이 웃었다.

선생님은 언제나 자기 반 아이들에게 다른 어떤 반보다 뛰어나다고 말했다.

"자, 이제 나가서 저들을 쳐부수자!"

모두 손을 아무렇게나 쌓았다가 소리를 지르며 복도로 우르르 나가 눈부신 햇살 속으로 뛰어들었다.

보라 팀에는 일곱 명이 있었는데, 가장 뛰어난 선수는 호빈이라는 남학생이었다. 키가 크고 다리가 긴 호빈은 보라 팀 중에서 가장 빠를 뿐 아니라 4학년 중에서 가장 빨랐다. 그래서 호빈이 팀을 이끄는 것은 당연해 보였고, “모든 경기에서 내가 시작할게.”라고 말했을 때 보라 팀의 어느 누구도 반대하지 않았다. 하지만 감독인 얄로비치 선생님이 반대했다.

“누구든지 모든 경기에 다 뛸 수는 없다. 번갈아 가며 경기에 출전해서 모두가 기회를 갖도록 해라.”

모든 아이들이 기회를 가졌지만 징코프에게는 다른 아이들보다 기회가 덜 돌아갔다. 징코프는 아이들이 ‘궁둥이 뛰기’라고 말하는, 앉아서 뒤로 달리기에서 두 번째 선수로 뛰었다. 하지만 징코프 차례가 되자마자 다른 일곱 팀에게 뒤처지기 시작했다. 다행히 마지막 두 구간을 달린 페리와 호빈 덕분에 그야말로 간발의 차이로 보라 팀이 승리했다.

한 발로 뛰기 시합에서는 마지막 주자 호빈이 믿을 수 없을 만큼 빨리 달렸지만 징코프 때문에 뒤처진 거리를 따라잡지 못했다. 징코프의 두 다리는 몸을 똑바로 세우는데 늘 역부족이었다. 기울어져 있거나 비트적대고 갈지자로 걷다가 넘어졌다. 이런 징코프의 모습은 지켜보는 사람들에게 웃음과 조롱을 자아냈다.

그럼에도 불구하고 마지막 경기에 이르렀을 때 보라 팀은 4학년 중에서 가장 높은 점수를 획득하고 있었다. 챔피언이 되기 위해서는 마지막 경기에서 꼴찌만 하지 않으면 되었다. 보라 팀은 당연히 징코프를 출전시키지 않을 생각이었다. 호빈이 가장 중요한 마지막 주자가 되는 것은 당연한 일이었고 그래야만 보라 팀을 우승으로 이끌 수 있을 것이라 확신했다.

하지만 감독의 생각은 달랐다.

"징코프가 마지막 주자로 뛰어라."

선생님은 보라 팀의 일곱 명에게 말했다.

모두들 준비 운동을 하며 몸을 풀고 있는 징코프를 돌아보았다.

"뭐라고요?"

호빈이 큰 소리로 불평했다.

"넌 세 번째로 뛰어서 징코프가 이길 수 있게 차이를 크게 벌려 놓아라."

그리고 선생님은 빨강, 초록, 노랑 팀을 상담해 주러 가 버렸다.

보라 팀의 선수 여섯 명이 징코프를 쏘아 보았다.

"여태까지 한 번도 보지 못한 만큼 앞질러서 넘겨 줄 테니까, 지지 않는 게 좋을 거야."

호빈은 주먹을 쥐고 징코프 얼굴 앞에 들이대며 말했다.

"지지 않을게. 난 언제나 마지막 순간까지 최선을 다해."

징코프가 말했다.

사실이라고 말하기는 어렵지만 그 순간에는 아주 적당한 말이었다.

결승전은 노란 흙먼지와 수북하게 자란 잔디를 뚫고 운동장을 한 바퀴 달리는 것이었다.

4학년의 각 팀에서 나온 첫 주자 여덟 명이 출발선에 서 있다가 교장 선생님이 "출발!" 신호를 하자마자 달리기 시작했다. 두 번째 주자들은 한 쪽 끝에서 첫 주자들이 등을 쳐 주기를 기다리며 몸을 잔뜩 낮추고 있었다.

처음으로 선수가 교체될 때 보라 팀은 두 번째였다. 두 번째 주자가 호빈에게 차례를 넘겨 줄 때에는 5미터나 앞섰다. 호빈이 낮췄던 몸을 쭉 뻗으며 뛰어나가자 노란 흙먼지가 회오리바람처럼 소용돌이쳤다. 자기가 한 말대로 호빈은 그 날 하루 보았던 것 중에서 가장 큰 차이로 다른 선수들을 앞질러 징코프에게 넘겨 주었다. 호빈이 징코프에게 차례를 넘겨 줄 때 다른 주자들은 반 바퀴나 뒤져 있었다.

"달려!"

호빈이 소리쳤고 징코프가 달리기 시작했다.

징코프의 다리가 먼지를 휘저었다. 두 팔이 엄마의 전기 믹서처럼 마구 돌아갔다. 있는 힘을 다하느라 얼굴이 믹서 안에 구겨 넣어 찌그러진 레몬 같았다. 그런데 어찌된 일인지 징코프는 아무데도 가지 않았다. 다른 팀의 마지막 주자들이 출발했을 때는 겨우 10미터 앞서 있을 뿐이었다.

"달려, 달리라구!"

호빈이 뒤에서 소리쳤다.

도저히 참지 못한 호빈이 자리를 박차고 징코프에게로 달려와 귀에다 대고 소리쳤다.

"달려, 이 멍청이 거북아. 달리라구!"

징코프는 달리고 또 달렸다.

머리띠가 펄럭여 마치 작은 보라색 꼬리처럼 팔락거렸다.

다른 팀의 주자들이 결승선을 모두 통과하고 한참 지난 뒤에도 징코프는 여전히 달리고 있었다. 징코프는 완전히 꼴등이었다. 보라 팀이 꼴등이 된 것이다. 결국 보라 팀은 챔피언을 놓쳤다.

보라 팀의 선수들은 머리띠를 바닥에 던져 버리고는 흙먼지와 범벅이 되도록 짓이겼다.

징코프는 허리를 숙이고 열심히 달리느라 가빠진 숨을 고르고 있었다. 호빈이 다가왔다. 징코프의 운동화 위로 흙을 찼다. 징코프가 올려다보았다.

"넌 문제아야. 지독한 꼴통이라구."

호빈이 빈정거렸다.

다른 보라 팀의 선수들도 우르르 몰려왔다.

"맞아. 넌 제대로 하는 게 하나도 없어. 밥은 왜 먹냐?"

"맞아. 아침에 일어나긴 왜 일어나냐?"

"너 때문에 다 망쳤어."

한 아이가 주먹을 휘둘렀다.

"우린 메달을 딸 수 있었다구!"

아이들은 줄지어 징코프 앞을 지나갔다. 어떤 아이는 속삭이고 어떤 아이는 크게 말했다. 하지만 모두들 분명하게 말했다.

"문제아."

"문제아."

"문제아."

"문제아."

"문제아."

징코프는 그 날 저녁을 먹을 때 부모님이 운동회에 대해서 묻지 않기를 바랐다.

"어땠어?"

하지만 부모님은 물었다.

"뭐가요?"

징코프가 되물었다.

"운동회 말이야."

"아, 좋았어요."

이야기할 만한 게 없다는 것처럼 들리게 하려고 애썼다. 누가 이겼는지 묻지 마세요, 제발. 징코프는 기도했다.

"재미있었니?"

"무슨 경기가 가장 좋았어?"

"힘들지 않았니?"

부모님은 누가 이겼는지 묻지 않는 대신 이것저것 물어 보았다.

"오빠가 이겼쪄?"

위기를 벗어났다고 생각하는 순간 폴리가 지껄였다.

"아니! 됐니?"

징코프는 폴리에게 소리쳤다.

순간 모두가 음식을 씹다 말고 징코프를 바라보았고 징코프는 울면서 뛰쳐나갔다. 징코프는 아빠가 방으로 따라와 주기를 바랐지만 아빠는 그러지 않았다.

"징코프, 드라이브하러 갈래?"

대신 아빠는 아래층에서 징코프를 불렀다.

징코프는 드라이브를 시켜 달라고 늘 졸라댔지만 아빠는 그때마다 특별히 가야 할 곳이 있는 게 아니라면 안 된다고 했다. 쓸데없는 가스 낭비라면서.

두말 할 필요도 없이 징코프는 날아가듯 계단을 내려와 고물차 6호를 탔다. 차 안에서 아빠와 징코프는 여러 가지 이야기를 나누었는데, 대부분 말썽부리는 계기판에 대한 이야기였다.

"진정해, 제발. 우리 멋진 차…… 별일 아니야…… 내가 여기 있잖아."

결국 특별히 어디를 가지도 않고 가스만 많이 낭비하면서 드라이브를 했다.

그 날 밤 침대에서까지 징코프는 낡은 자동차가 심하게 흔들리는 것을 느꼈다. 그리고 듣지는 못했지만 분명한 메시지를 느꼈다.

자신이 비록 경기에서 천 번을 진다고 해도 아빠는 결코 포기하지 않으리라는 것을. 만약 자신이 물이 새고 패킹이 다 닳아 없어진다 하더라도 아빠는 언제나 테이프와 아교풀을 들고 곁에 서 있으리라는 것을. 아무리 자신이 흔들리고 넘어진다 하더라도 아빠에게 자신은 결코 고물차가 아니라 멋진 차라는 것을.

17. 시간이 말해 주는 것

새터필드 초등 학교에서는 5학년이 가장 고학년이다. 그래서 5학년들이 학교를 지배한다.

아이들은 누군가를 볼 때 대부분은 더 크고 더 좋은 면을 본다. 더 많이 알고, 더 많이 먹고, 그림을 더 잘 그리고, 노래를 더 잘하고, 더 멀리 던지고, 더 빨리 달리는 아이. 맨 앞줄에 서고, 수돗가에서 물을 가장 오래 마시는 아이. 심지어 더 크게 말하고 더 크게 웃는 아이.

4학년까지 이런 것들을 잘 해낸 아이에게 5학년은 선물이다. 대가인 것이다. 하지만 그것은 눈에 보이지 않는다. 그것은 자기보다 어린 학년들 앞에 있을 때의 느낌이다. 결코 아무도 말해 주지는 않았지만 네가 가장 중요하다는 그런 느낌 말이다. 5학년은 인생에 있어서 가장 위대한 시기이다.

징코프가 다시 학교로 돌아왔을 때, 이 모든 것들이 징코프를 맞아 주었다. 징코프는 그게 좋았다. 5학년이 된 것이 무척 좋았다.

하지만 뭔가 다른 것이 있었다. 그것은 운동장의 노란 흙먼지에 뿌리를 내린 뒤 여름내 자라고 있었다. 그것은 학교 건물 안에도 들어와 여기저기 퍼져 나갔다.

새 학년 시작부터 많은 아이들이 새 연필이나 새 학용품으로 그것을 집어 올렸다.

그것은 낱말이었다.

징코프의 새 이름.

출석부에는 없는 이름이었다.

징코프 앞에서 그 이름을 부르는 아이는 없었지만 깔깔거리는 웃음이나 기침 뒤에서 그 이름이 들렸다. 여기저기에서 들렸다.

징코프는 가끔 누군가 자신을 부르는 것을 느꼈지만 자기 이름이 아니었기 때문에 돌아보지 않았다.

어느 날, 징코프는 누군가 자기를 부르는 것 같아서 돌아보았다. 그런데 아무도 징코프를 보고 있지 않았다. 잘못 들었다고 생각했다. 하지만 다시 목소리가 들렸고 또 돌아보았다. 하지만 역시 아무도 보고 있지 않았고 아무도 말한 것 같지 않았다. 마치 그 목소리는 벽이나 시계 혹은 천장의 전등에서 나온 것 같았다.

문제아.

징코프를 발견하고 이름을 새로 붙이는 일은 아이들에게 대단히 쉬운 일이었다.

징코프는 꼬리표가 붙여져서 가방에 넣어졌다. 징코프가 하는 모든 일들이 같은 가방에 넣어졌다. 너저분한 필기와 그림, 엉망인 플루트 연주, 열등한 성적, 눈치 없음, 동전만한 점. 모든 것이 문제였다. 이 모든 것이 운동회 날 징코프가 보여 준 일의 연장선상에 있었다. 그게 패배하게 된 이유였다. 마치 징코프가 날마다 천 번씩 지고 있는 것 같았다.

하지만 징코프는 시간이 흐르고 있다는 것 외에는 아무것도 알지 못했다. 자신에 대해 생각하는 것만으로도 너무 바빠 다른 사람들이 어떻게 생각하는지는 깨닫지 못했다. 징코프는 어른이 되느라 바빴다. 자라느라 바빴다.

5학년이 시작될 무렵, 징코프는 산타클로스나 부활절 토끼, 이빨 요정, 공룡에 대한 이야기, 달에 사는 사람, 유니콘, 그렘린, 용 같은 것을 더 이상 믿지 않게 되었다. 보일러실의 짙은 어두움은 여전히 무서웠지만 보일러 괴물은 더 이상 믿지 않았다. 많은 믿음들이 징코프를 떠나 훨훨 날아가자 무게가 가벼워진 징코프는 자신이 훌쩍 자라는 것이 느껴졌다.

축하는 받았지만 더 이상 셔츠에 은빛 별을 붙이지는 않았다. 깔깔거리는 웃음도 큰 아이의 웃음으로 바꾸었다. 그 웃음은 언제나 재미난 일을 찾아다니는 폴리가 성가시게 굴 때 효과가 있었다. 징코프는 더 이상 "야호!"라고 외치지도 않았다. 하지만 우체부가 되게 해 달라고 밤마다 기도하는 것은 여전했다. 또 잠드는 것을 받아들였다.

서툰 것에서 벗어나려고도 노력하지만 잘 되지 않았다. 글씨는 여전히 엉망이었는데, 남에게만 그렇게 보이지 자신에게는 괜찮아 보였기 때문에 별로 신경 쓰지 않았다.

어느 토요일, 엄마가 야드 세일(*집 앞 뜰에서 벌이는 중고 가정용품 세일)을 했다. 엄마는 이제 폴리에게조차도 필요 없어진 낡은 인형들을 팔아도 되겠냐고 징코프에게 물었다.

"좋아요."

징코프가 대답했다.

엄마는 징코프의 낡은 기린 모자를 가지고 나갔다. 징코프는 엄마에게 모자를 팔지 말라고 했을까? 징코프는 모자를 바라보았다. 빛 바래고, 보풀이 일고, 몇 년간 보지도 못했던 기린 모자. 이런 멍청한 것을 쓰고 다녔다니, 왜 그랬을까?

"괜찮아요."

그렇게 말하는 순간, 또 1센티미터 정도 훌쩍 자란 느낌이 들었다.

커 간다는 것이 좋았다. 이 세상에서 더 많은 자리를 차지한다는 느낌이 좋았다. 이제는 집에서 좀더 멀리 가는 것도 허락되었다.

징코프는 다른 집 야드 세일에서 두발자전거를 샀는데, 약간 덜컹대는 소리가 나는 것이 아빠의 자동차를 생각나게 했다. 그래서 징코프는 자전거를 '실패작 1호' 라고 불렀다.

징코프는 자전거가 좋았다. 징코프는 인도에서만 타고 길을 건널 때는 끌고 다니기만 한다면 동네 어디든 타고 다녀도 좋다고 허락을 받았다. 주로 규칙을 따랐지만 지키지 않을 때도 있었다.

징코프가 가장 좋아하는 곳은 아홉 살 '징코프와 함께 일터로 가는 날' 에 편지를 배달했던 윌로우 가의 900번지였다.

기다리는 노인은 여전히 창가에서 길을 바라보며 앉아 있었는데 머리가 귀까지 내려올 정도로 좀더 자라긴 했지만 정수리 부분은 더 빠져 있었다.

징코프가 딱 한 가지 벗어나지 못한 것은 기다리는 노인에 관해 생각하는 것이었다. 할아버지가 잘 볼 수 있도록, 가끔 자전거를 길에 대 놓고 계단을 올라가 보았다. 하지만 그렇게 해도 할아버지는 징코프를 보는 것 같지 않았다. 가끔은 할아버지가 고개라도 돌려 주기를 기대하며 창문 밑에 서 있어 보기도 했다. 그래도 소용 없었다.

할아버지의 집중력은 정말 무서울 정도였고 그 인내심은 끝이 없었다.

징코프는 그 실종된 동생이 길 저편에 나타났으면 하고 바라기도 했다. 두 번인가, 라이플총을 맨 병사가 징코프 쪽으로 걸어오고 있는 꿈을 꾼 적이 있다. 동생이 나타나지 않는 날이 길어질수록 할아버지가 불쌍하게 여겨졌다. 징코프는 이토록 길고 긴 기다림에 어떻게 보상이 없을 수 있는지 믿을 수 없었다.

그러다가 할아버지가 단 며칠만이라도 즐거울 수 있을 것 같은 생각이 떠올랐다. 징코프가 직접 전투복을 입고 군화를 신고 낡은 라이플총이나 BB총(*동그란 플라스틱 알을 쏘는 장난감 총)을 메고 윌로우 가로 가서 할아버지에게 기쁨을 주는 것이다. 하지만 곧 그 생각이 얼마나 잔인한지 깨닫고 관두기로 했다.

가끔은 보행 보조기에 의지하고 있는 할머니에게 가기 위해 페달을 밟았다.

"우체부! 우체부!"

할머니는 징코프를 볼 때마다 이렇게 외쳤다.

그 다음부터 징코프는 할머니를 위해 편지를 챙겼다. 주로 "안녕하세요? 잘 지내세요?"라거나 "건강하세요."라고 적힌 간단한 쪽지였다. 징코프는 이제 컸기 때문에 편지가 예전처럼 엉망이지는 않았다.

그 곳에 새로운 이웃이 생겼다. 작은 꼬마 여자 아이였다.

꼬마의 갈색 머리는 하나로 모아져 늘 노란 끈으로 묶여 있었다. 한 발짝 내디딜 때마다 비틀거리고 작은 무릎이 흔들리는 것으로 봐서는 최근에 걸음마를 배운 것이 분명했다. 하지만 아이는 결코 멀리 갈 수가 없었다. 허리가 끈에 묶여 있었기 때문이다.

그 끈은 빨랫줄 정도의 길이였다. 한쪽 끝은 꼬마가 가죽조끼처럼 입고 있는 유아용 보행 벨트에 묶여 있었다. 다른 쪽 끝은 낡은 부트스크레이프(*집에 들어가기 전에 신발을 털던 옛날 기구)에 매어 있기도 했고, 어느 때는 화창한 날에 책을 읽으며 계단 위에 앉아 있는 꼬마의 엄마 손에 쥐여 있기도 했다.

"끈에 묶여 있는 사람은 한 번도 본 적이 없어요."

어느 날, 호기심에 이끌려 자전거를 세워 놓고 징코프가 말을 건넸다. 그러면서 자신이 끈에 묶여 있다면 얼마나 싫을지 생각해 보았다.

꼬마의 엄마는 읽고 있던 책에서 얼굴을 들며 징코프에게 기분 좋게 웃어 보였다.

"나도 본 적 없어. 난 농장에서 살았는데, 우리 엄마는 내가 병아리에게 치일까 봐 걱정하셨지."

징코프가 웃었다.

"꼬마가 좋아하나요?"

"좋아하는지 싫어하는지 모르겠어. 어쨌든 이 아이가 살아가는 방식이지. 처음에 기고 그 다음엔 끈을 받게 돼. 만약 불평하기 시작하면 얘기를 좀 나눠야겠지?"

"말할 줄 아나요?"

징코프가 물었다.

"세 단어 정도. 그래서 모든 말싸움에서 내가 이기지. 아직까지는 말이야."

꼬마의 엄마가 웃으며 말했다.

모녀가 밖에 나와 있을 때마다, 징코프는 자전거를 멈추고 인사했다. 꼬마 소녀의 이름이 클로디아라는 것을 알게 되었고, 얼마 뒤 클로디아도 징코프를 알아보기 시작했다. 클로디아는 징코프를 보려고 끈이 허락하는 곳까지 아장아장 걸어 나오기도 했다.

클로디아는 주는 것을 좋아하는 아이인 것 같았다. 시궁창에서 돌멩이나 씹다 버린 껌 같은 것을 주워 징코프에게 내밀었다. 다 더러운 것들이라서 꼬마의 엄마가 꾸짖었지만, 징코프는 언제나 깍듯하게 "고마워."라고 인사를 한 뒤 그 선물을 받았다. 고마워할 줄 모르는 사람이 되고 싶지 않았다.

윌로우 가 900번지를 돌아다니고 싶지 않은 날에 징코프는 가끔 해프탱크 언덕으로 갔다. 풀로 덮인 해프탱크 언덕은 공원 안에 있었는데, 가장 좋은 점은 무섭도록 가파른 경사였다. 그것은 마치 '나를 내려가!' 라고 명령하는 듯 보였고, 마을의 모든 아이들은 사시사철 그 명령을 잘 따랐다. 썰매를 타고 내려오고, 달려서 내려오고, 굴러서 내려오고, 두발자전거를 타고 내려오고, 세발자전거를 타고 내려오고, 인라인스케이트를 타고 내려오고, 스케이트보드를 타고 내려오고, 쓰레기통 뚜껑을 타고 내려왔다.

인도에서 달리는 자동차와 시합하던 어린 시절, 징코프는 자기가 세상에서 가장 빠른 아이라고 믿었다. 그게 사실이 아니라는 것을 알기 때문에, 해프탱크 언덕은 징코프에게 더욱 간절히 애원했다.

때때로 징코프는 달렸다. 잠깐 동안이라도 환상적인 느낌을 맛볼 수 있는 유일한 방법이었기 때문이다.

언덕을 반쯤 내려가다 보면 조절력을 잃어버리는 순간이 느껴졌다. 다리가 속도를 따라가지 못하는 것이다. 마치 몸을 벗어나 뒤에 남겨 두고 달리면서 자신이 산산조각 나는 듯한 느낌이었다.

가끔은 자전거를 타고 내려갔다. 언덕 꼭대기에서 앞 타이어를 노려보며 내려갔다. 잠깐 동안이지만 징코프는 우주에서 가장 빠르다는 생각이 들었다. "야호!"라고 소리치기에는 너무 커 버렸지만 징코프는 소리쳤다.

"야호!"

해프탱크 언덕에서는 아무도 느릴 수 없다. 그리고 그 곳에는 시계도 없다.

가끔 징코프는 딱히 가고 싶은 곳이 없을 때가 있다. 가끔은 빨리 달리고 싶지도 않고 그냥 자전거를 타고 싶을 때가 있다. 그 때 징코프는 실패작 1호를 타고 골목으로 간다. 그 곳은 고양이와 어린 아이들이 돌아다닐 뿐 자동차는 다니지 않는 가로수 길이다. 그 곳에서 그냥 자전거를 탄다. 그것으로 충분하다.

징코프의 5학년 생활은 이렇게 새롭고도 재미있는 것으로 가득 차 있었다. 그것으로 충분했다. 시험 아닌 시험을 치는 날이 올 때까지는 자신에게 뭔가 빠졌다는 것을 알지 못했다.

18. 가장 친한 친구

그것은 학교에서 보통 치르는 시험이 아니었다. 그 시험은 공부한 것을 묻는 게 아니었다. 낙제도 없었다.

어느 날, 담임인 쉔크펠더 선생님이 파란 표지로 된 얇은 책자를 나눠 주었다.

"시험이에요?"

베리가 물었다.

선생님은 아니라고 호언장담했다.

하지만 징코프가 보니, 질문이 적혀 있었고 답을 쓰기 위한 달걀만한 공간도 있었다. 그건 시험이었다.

징코프가 지금까지 쳤던 모든 시험은 교과목에 관한 것이었다. 산수나 지리, 받아쓰기 같은. 하지만 이 시험은 자기 자신에 관한 시험이었다. 이것에 대해 어떻게 생각하는가? 왜 그것을 하는가? 이것들 중에 어떤 것이 더 좋은가?

반쯤 풀었을 때 징코프는 지금까지 치른 시험 중에 재미있다고 해도 될 만한 첫 시험이라고 생각했다. 그 시험은 자신이 다 자란 것처럼 느끼게 했다.

대부분의 답은 쉽게 생각할 수 있었다. 끝에서 두 번째에 있는 당황스러운 질문에 맞닥뜨리기 전까지는.

'가장 친한 친구는 누구인가?'

다른 질문들과는 달리 이것은 답을 여러 개 선택할 수 있는 것도 아니었다. 계란 크기의 공간이 있는 것도 아니었고, 이름을 적을 수 있는 빈 칸이 있을 뿐이었다.

만약 2학년으로 돌아가서 이 시험을 치른다면 징코프는 '앤드류' 라고 적었을 것이다. 하지만 앤드류는 이미 오래 전에 이사를 갔고, 딱히 대신할 만한 이름이 떠오르지 않았다.

물론 징코프에게도 친구가 있다.

구슬놀이를 같이 하는 버키가 있다. 또 징코프 다음으로 조심성이 없는 피터도 있다. 징코프를 볼 때마다 웃어 주는 캐티도 있다. 모두 친구이다. 하지만 가장 친한 친구는 아니다.

가장 친한 친구가 무엇인지 징코프는 안다. 사방에서 친한 친구 사이를 보기 때문이다.

가장 친한 친구는 버트와 조지처럼 혹은 엘렌와 로니처럼 지내는 것이다. 가장 친한 친구는 항상 같이 있고, 항상 자기들

끼리 속삭이고, 같이 웃고, 같이 달리고, 서로 집을 오가고, 때로는 함께 저녁을 먹고 잠도 잔다. 또 서로의 부모들에게도 친자식처럼 여겨진다. 그들을 서로 떼어 놓고 생각할 수 없다.

징코프에게는 그런 친구가 없다. 지금까지는 이런 생각을 한 적이 없었지만 이제 생각하기 시작했다.

징코프는 다른 아이와 친해져서 그 친구네 부엌으로 걸어 들어가더라도 친구의 엄마가 너무도 익숙한 나머지 쳐다보지도 않은 채 '가서 손 씻고 자리에 앉아라. 저녁 식사 시간에 늦었구나.' 라고 말한다면 어떤 느낌일지 궁금해졌다. 그렇게 생각해 보니 아주 멋질 것 같았고 가장 친한 친구가 없는 것이 후회가 되었다. 그 때까지 징코프는 엄마나 아빠, 폴리, 윌로우가 900번지에 대해서만 생각했고 그게 당연한 줄 알았다. '가장 친한 친구는 누구인가?' 라는 질문을 만나기 전까지는.

'친한 친구가 없으면 이제부터 하나 만들면 되지.'

빈 칸은 이렇게 말하고 있는 것 같았다.

징코프는 그 문제를 건너뛰고 다른 문제를 먼저 풀었다. 그리고 그 문제로 다시 돌아갔다. 시간이 흐르고 있었다. 아마 쉔크펠더 선생님은 곧 이렇게 말할 것이다. "연필 들어."

가장 친한 친구라…… 가장 친한 친구라…….

"일 분 남았어요."

보통은 시간을 예고해 주지 않는 쉔크펠더 선생님이 말했다.

징코프는 미칠 것 같았다. 교실을 둘러보았다. 커닝하는 것으로 선생님이 오해하면 안 되는데…….

징코프의 눈이 첫 번째 줄에 앉은 헥터에게로 가 멈췄다. 헥터는 고개를 숙이고 어깨를 잔뜩 웅크리고 있었다. 열심히 시험을 치고 있었다.

1학년부터 줄곧 같은 반이었기 때문에 그 아이가 누구인지 알고 있다. 몇 년 동안, 수돗가나 구름사다리에서 만난 적도 있다. 하지만 헥터는 징코프와 항상 멀리 떨어져서 앉았고 서로 알고 있는 것도 별로 없었다. 징코프가 헥터에 대해 아는 것이라고는 안경을 쓰고, 키가 비슷하며, 검은 감초를 좋아하고, 종이 조각으로 늘 귀를 청소한다는 것이다. 아, 한 가지가 더 있다. 징코프가 아는 한 헥터는 쓸 만했다. 헥터 역시 가장 친한 친구가 없기 때문이다.

"연필 들어."

징코프는 재빨리 빈 칸을 채웠다. 이름을 틀리게 쓰긴 했지만.

'햇터.'

쉬는 시간까지 기다리는 것은 정말 힘든 일이었다. 징코프는 자전거 보관소 옆에서 종이 조각으로 귀지를 파고 있는 헥터를 보았다.

"안녕, 헥터, 잘 지냈어?"

"어?"

헥터가 되물었다.

"잘 지냈냐구."

징코프는 다시 말했다.

하지만 헥터는 못 들은 것 같았다. 아마도 종이 조각이 귓속에 있어서 잘 들리지 않는 것 같았다. 그렇지 않고서야 징코프가 옆에 서서 인사하는데 그렇게 무뚝뚝할 수는 없을 것이다.

이제 보니, 헥터는 아주 즐겁게 귀를 공격하고 있었다. 파고 긁는 폼이 아픈 건지 시원한 건지, 징코프는 잘 알 수 없었지만. 헥터는 몸을 살짝 움츠렸다가 종이 조각을 꺼내 살펴보았다. 징코프의 눈에는 깨끗해 보였다. 헥터는 다른 쪽 귀를 팠다. 파고, 긁고, 움츠리고. 이번에는 종이 조각 끝에 작고 노르스름한 부스러기가 붙어 나왔다.

헥터는 바지 주머니에서 알약 넣을 때 쓰는, 갈색의 작은 플라스틱 병을 꺼냈다. 헥터는 그 병을 입으로 가지고 갔는데, 순간 징코프는 헥터가 그것을 먹으려고 하는 줄 알았다. 하지만 이빨로 하얀 뚜껑을 젖혀서 열었다. 헥터는 종이 조각을 병 테두리에 탁탁 쳐서 부스러기를 떨어뜨렸다. 병은 이미 반쯤 찬 것 같았다. 헥터는 병과 종이 조각을 주머니에 다시 넣었다. 그제야 헥터는 곁에 징코프가 서 있다는 것을 알아챈 것 같았다.

뻔한 질문이 징코프의 혀끝으로 기어 나왔지만 징코프는 꿀꺽 삼켰다.

"가장 친한 친구가 누구냐는 질문에 뭐라고 썼니?"

징코프가 물었다.

헥터는 다른 주머니에서 검은 감초 토막이 든 팩을 꺼냈다. 팩을 뜯어 감초 토막을 반쯤 꺼내서는 씹기 시작했다.

"아무도"

"정말? 빈 칸으로 남겨 뒀단 말이야? 어떻게 그럴 수 있어?"

헥터는 고개를 저었다. 헥터는 처음에만 징코프와 눈을 마주쳤을 뿐 징코프를 바라보지 않았다. 헥터는 늘 저 너머를 보고 있는 것 같았다.

"아니야. '아무도'라고 썼어. 단어 '아무도' 말이야."

"아, 아무도. 알았어."

징코프는 이해했다는 듯 고개를 끄덕였다.

헥터는 나머지 토막을 입 속에 밀어 넣고는 팩을 주머니에 넣었다.

"내 도마뱀 이름이 '아무도'야."

징코프는 저 너머를 보고 있는 헥터의 눈을 보다가 갑자기 깨달았다.

“아! ‘아무도’ 라는 도마뱀이 있구나.”

헥터는 눈을 깜빡였는데, 징코프에게는 그게 고개를 끄덕이는 것으로 보였다.

“넌 가장 친한 친구 이름에 도마뱀을 적었구나.”

또 한 번 깜빡.

“알았어.”

헥터는 귀지를 모으고, 가장 친한 친구인 ‘아무도’ 라는 이름의 도마뱀을 키운다. 징코프는 자신의 선택이 점점 마음에 들었다.

“내가 누구 이름을 썼는지 아니?”

징코프가 물었다.

“아니.”

“너야.”

헥터가 눈을 깜빡였다. 두 눈이 저 너머에서 징코프의 얼굴 위로 스르르 미끄러졌다.

“어?”

헥터가 되물었다.

“그래. 내가 네 이름을 썼다구.”

징코프는 씩 웃었다.

헥터의 눈꺼풀이 날아가기라도 할 듯 파닥거렸다.

“나를? 왜?”

"왜냐하면 누군가 이름을 적어야 했는데, 네 생각이 났어."

"하지만 난 너랑 가장 친한 친구가 아닌데."

"알아. 우린 가장 친한 친구가 아니야. 하지만 내 생각엔 그렇게 될 수 있을 것 같아. 내 말은, 내가 네 이름을 썼으니까."

헥터는 아무 말이 없었다. 두 눈이 다시 저 너머로 가 버렸다.

징코프는 협상이란 단어를 잘 모르지만 아마도 이것이 협상일 것이다. 그래서 제시할 수 있는 매력적인 조건을 생각하려고 애썼다.

"난 스니커두들 과자를 잘 만들어!"

징코프가 불쑥 말했다.

감초 토막을 씹는 동안 헥터의 왼쪽 볼이 볼록해졌다. 헥터의 이빨은 마치 만화 속 주인공들처럼 검은 테두리가 있었다.

5학년이 되었기 때문에 징코프는 '쿨'한 것이 어떤 것인지 알았다. '쿨'해 보이기로 했다. 징코프는 한 쪽 다리를 살짝 꺾으며 허리띠 안으로 엄지손가락을 구부려 넣었다. 그러고는 저 너머를 응시하며 어깨를 으쓱했다.

"자, 어떻게 생각해?"

마치 '어느 쪽이든 상관 없어.'라는 것처럼 들렸다.

그 때 갑자기 헥터가 킁킁거리기 시작했다. 그러고는 고개를 오른쪽 어깨로 돌리며 아래로 내려다보았다. 입술이 얼굴

옆으로 미끄러져 입 한 쪽이 작은 눈처럼 열리더니 감초즙이 주르르 흘러내려 땅에 떨어졌다.

"내가 생각하고 있는 건, 내가 귀지를 많이 모으면 그걸로 양초를 만든다는 거야!"

마침내 징코프의 자신만만한 질문에 대한 대답이 들렸다.

와! 귀지 양초라!

징코프는 헥터가 이런 초대형 비밀을 반 아이들 중 누구와도 나누지 않았다고 확신했다.

쉬는 시간이 끝나는 종이 울렸다. 둘은 빠른 걸음으로 나란히 문을 향해 걸어갔다.

"학교 마치고 만날까?"

징코프가 묻자 헥터가 대답했다.

"아마도."

19. 익숙해지기

“며칠 뒤에 가장 친한 친구네 집에 갈 거예요.”

그 날 저녁을 먹으며 징코프는 마치 아무 일도 아니라는 듯 자연스럽게 말했다.

엄마 아빠가 미끼를 덥석 물고 가장 친한 친구가 누구인지 묻기를 바라면서.

엄마 아빠는 정말 그렇게 했다.

“그래? 그게 누군데?”

엄마가 눈썹을 치켜뜨며 물었다.

“헥터요.”

징코프는 아무렇지도 않다는 듯 말을 툭 내뱉었다. 쿨 하게. 이 말이 점점 더 좋아진다.

“너희 반 애니?”

"네, 맨 앞줄에 앉아요. 감초를 좋아하구요."

"감초를 좋아한다고?"

아빠가 물었다.

"네."

"난 감초가 싫어. 냄새 나."

폴리가 말했다.

"헥터는 양초를 만들어요."

징코프가 말했다.

"그거 멋지구나."

엄마가 말했다.

"귀지로요."

식구들이 모두 밥을 먹다 말고 징코프를 뚫어지게 바라보았다.

"귀지라구?"

엄마가 물었다.

"웨에엑"

폴리가 나가 버렸다.

"정말이니?"

아빠가 물었다.

징코프는 이런 사실들과 관련되어 있는 자기 자신에게 자부심을 느꼈다.

"지금 만들고 있는걸요."

아빠의 눈을 똑바로 보며 대꾸했다.

며칠 뒤 징코프는 헥터네 집에 놀러갔다.

징코프는 헥터네 현관을 지나 곧장 걸어 들어가서 소파에 털썩 주저앉았다. 왜냐하면 친한 친구네 집에서는 누구든 그렇게 하기 때문이다. 곧장 걸어 들어가서 털썩 주저앉기.

징코프를 본 헥터 엄마는 재미있는 표정이 되었다.

"넌 누구니?"

그 때 헥터가 나타나 징코프를 자기 방으로 데려갔다.

둘은 헥터의 물건들을 구경하며 시간을 보냈다. 도마뱀 '아무도' 도 만났다. 헥터는 징코프에게 잠시 복도로 나가 기다리라고 하더니 방문을 닫았다. 문을 열었을 때는 귀지가 꽉 찬 갈색 병을 들고 있었다.

"이게 처음 만든 거야. 숨겨 놨었지."

징코프는 헥터가 그것을 보여 준 게 믿기지 않았다. 정말이지 자랑스러웠다.

자전거를 타고 집으로 돌아오는 길에 검은 점들이 찍혀 있는 것을 보았다. 감초 침 자국이었다. 징코프는 웃었다.

징코프는 정말 가장 친한 친구가 되기로 결심했다.

어느 날, 베리가 헥터를 '헥키' 라고 불렀다.

"야, 그렇게 부르지 마. 얘 이름은 헥터라구."

헥터는 헥키라고 불리는 것을 싫어했기 때문에, 징코프가 베리에게 대꾸했다.

누구든 가장 친한 친구를 감싸 주니까.

함께 점심을 먹고, 이야기하고, 비밀을 나누고, 함께 웃고, 함께 어디론가 가고, 함께 뭔가 하고, 아침에 일어나면 가장 먼저 떠오르는 사람.

징코프는 이 모든 것을 했다. 아니, 그 이상으로.

징코프는 검은 감초를 먹기 시작했다. 씹는담배인 척했다. 징코프는 한 입 가득 감초를 입에 넣고 걸어다녔다. 즙을 침처럼 뱉어 보려고도 해 봤지만 엄마가 싫어했다.

기다리는 노인을 빼 놓고, 헥터는 징코프가 아는 사람 중에 가장 재미있는 사람이었다. 징코프는 자신도 재밌어질 필요가 있다고 생각했다. 징코프는 주머니에서 굳어 버린 풍선껌 덩어리를 발견했다. 끈에 매인 꼬마 소녀 클로디아에게서 받은 선물이었다. 매끈매끈해져서 분홍색 돌멩이처럼 보였다. 징코프는 그 껌 덩어리를 행운의 부적으로 삼기로 하고 늘 갖고 다니며 행운이 필요할 때마다 문지르기로 했다. 벌써 재미있어지기 시작한 것 같았다.

최고의 우정이 싹트기 시작한 지 일 주일쯤 지났을 때 징코프는 헥터를 집으로 초대해서 함께 자도 되냐고 엄마에게 물었다. 엄마는 괜찮다고 했다. 징코프는 무척 신이 나 당장 전화기로 달려가 헥터에게 전화했다.

"아마도."

헥터가 말했다.

헥터는 절대로 '그래, 좋아.' 라고 말하지 않는다. 늘 '아마도' 라고 한다.

하지만 함께 자는 일은 쉽지 않았다.

자는 동안 헥터는 축구 선수이자, 구르기 선수임이 판명되었다. 아니, 완전히 불도저였다.

잠에서 깨 보면 징코프는 바닥에 누워 있었다. 다시 침대로 올라가 보지만 잠들자마자 그 일은 반복되었다. 세 번 반복하고 나서 징코프는 옷장에서 이불을 꺼내 와 바닥에서 자기로 했다.

그 날 밤부터 징코프는 침대만 빼고 모든 것을 가장 친한 친구와 나누었다.

종이봉투에 든 점심도 함께했다. 징코프는 이제 도시락 통을 갖고 다니지 않았으니까. 주머니의 용돈도 나누었고, 손에 든 사탕도 나누었고, 웃음 속의 농담도 나누었다. 윌로우 가 900번지도 나누었다.

징코프는 헥터에게 끈에 매여 있는 클로디아를 소개시켜 주었다. 자전거를 끌고 기다리는 노인 앞도 지나갔다. 그 날은 마침 보행 보조기를 의지하는 할머니가 집 앞에 나와 있지 않았다. 그래서 그 뒤로 며칠 동안 징코프는 헥터에게 윌로우 가에 다시 가 보지 않겠냐고 계속 물었다. 징코프는 할머니가 "아! 우체부!"라고 부르는 것을 헥터에게 꼭 들려 주고 싶었다. 하지만 헥터는 "별로."라고 말했다.

징코프에게는 헥터와 나누고 싶은 아주 특별한 게 남아 있었다. 징코프는 그것을 몇 주 동안이나 모았다가 도저히 참을 수 없을 때 헥터에게 주기로 했다.

어느 날, 징코프는 학교가 끝난 뒤 그것을 갈색 종이봉투에 넣어 헥터에게 주었다. 헥터가 봉투를 열었다. 그 안에는 작은 알토이드(*영국의 사탕. 특히 다용도로 쓰이는 철제 통으로 유명하다.) 통이 있었다. 징코프는 그 상자를 길에서 주웠다. 헥터가 알토이드 통을 열어 안을 들여다보았다.

"이게 뭐야?"

"귀지."

징코프가 말했다.

헥터는 처음에는 통 안의 내용물을 뚫어지게 보다가 다음엔 징코프를 뚫어지게 보았다. 그냥 뚫어져라 볼 뿐이었다.

"내 거야. 내 귀에서 나온 거. 내가 모았어. 아직 많지는 않은데 더 기다릴 수가 없었어. 네 거랑 합하면 초를 더 빨리 만들 수 있을 것 같아서."

폴리에게도 달라고 했지만 폴리가 거절했다는 말은 하지 않았다.

헥터는 저 너머로 시선을 옮겼다. 그러고는 감초 토막을 구부려 입 안에 쑤셔 넣고 알토이드 통을 천천히 닫더니 징코프에게 돌려주었다.

"별로야."

"알았어."

징코프는 어깨를 으쓱하며 말했다.

징코프는 이해할 수 있었다.

귀지로 양초를 만들 때는 아마도 자기 귀에서 나오는 것으로만 만들고 싶을 것이다. 헥터도 자기 귀지로만 만들고 싶을 것이다. 과학적인 연구쯤으로 여겨지고 있을지도 모른다는 생각이 들었다.

그리고 모든 것이 끝났다.

20. 징코프의 자리

언제 끝났을까?

징코프는 몇 주 동안 몰랐다. 그저 어렴풋이 알게 되었다. 시간이 흐를수록 헥터를 덜 만난다는 것을.

자전거를 타고 헥터네 집에 가면 헥터는 없었다. 전화를 하면 헥터는 숙제를 해야 한다고 말했다. 징코프가 헥터에게 이것저것 제안하면 헥터는 언제나 "별로야."라고 말했다. 전화기를 통해 들려오는 헥터의 목소리는 어깨를 으쓱하며 저 너머를 보고 있는 것같이 들렸다.

그러던 어느 봄날, 징코프는 학교로 가는 길에 감초즙 자국을 보았다. 징코프는 약간 슬펐고, 잠시 추억에 잠겼다. 그리고 알게 되었다. 모두 끝났다는 것을.

하지만 새로운 것이 시작되었다.

징코프에게 새로운 일이 일어난 것이다. A가 징코프에게 나타난 것이다.

학교에서 시험을 볼 때마다 A는 절대로 징코프에게 다가오는 법이 없었다. 하지만 징코프는 가장 좋아하는 과목인 지리 시험에서 A를 받게 되었다. 징코프는 반에서 유일한 A였는데 쉥크펠더 선생님이 온 세상이 다 볼 수 있도록 시험지를 높이 들어올렸다.

징코프는 박수갈채를 받았다. 난생 처음으로.

어떤 친구는 기립박수를 쳤다. 베리는 휘파람을 불었는데, 그건 징코프를 축하해 주기 위해서라기보다 휘파람 부는 것을 자랑하려는 것 같았다. 축하는 하루 종일 쏟아졌다. 등을 두드리고, 팔을 치고, 머리를 헝클어뜨렸다. 징코프는 시험을 치기 전에 행운의 분홍 풍선껌 돌멩이를 문질렀기 때문에 이런 일이 일어난 건 아닐까 생각했다.

운동장에서 아이들은 행운의 돌멩이를 보고 싶어했다. 아이들이 징코프의 손에서 돌멩이를 낚아채 얼굴과 가슴이나 팔에 대고 목욕 타월처럼 문지르기도 하고 A의 즐거움을 한껏 나누다가 '아아아' 하고 한숨을 쉬기도 했다. 모두 웃었는데 그 중에서도 징코프가 가장 크게 웃었다.

징코프의 이름은 새로운 모습으로, 날개 달린 새처럼 학교를 날아다녔다.

"징크!"

"Z맨!"

"천재!"

"징스터!"

이 모든 소동이 단순히 A를 받아서 일어난 일 이상이라는 생각은 하지 않았다. 시끄럽고 요란하게 축하해 주고 있는 친구들이 단순히 축하하는 게 아니라, 지금까지 A를 하나밖에 받지 못한 자신을 조롱하고 있다는 생각은 전혀 하지 못했다.

징코프는 알지 못했다.

징코프가 알게 된 것은 자신에게 친구들을 행복하게 만드는 힘이 생긴 것 같다는 것이었다. 자신을 보기만 해도 친구들의 얼굴에는 웃음이 번졌고 눈이 반짝였다.

"여기 있었군!"

아이들은 징코프라는 것을 알아보면 그 자리에 멈춰 서서 오토바이를 타는 것처럼 다리를 벌리고 서서는 권총을 쏘는 모양을 해 보이며 고함쳤다.

"야, 징크!"

아이들은 하이파이브라도 하듯 손을 번쩍 들고 외쳤다.

어느 날 저녁, 징코프는 식탁 앞에 서서 주먹으로 가슴을 치며 선언했다.

"나는 징크다!"

그러고는 앉았다.

엄마 아빠가 마주 보았다.

"오빠가 뭐라구?"

폴리가 물었다.

그리고 그것들도 끝났다. 최고의 우정 때처럼 징코프가 알아채기 전에 끝났다. 징코프가 꿈꾼 일들은 처음부터 있지도 않았다.

어느 날, 징코프는 캐티와 몇몇을 제외하고는 아무도 자신에게 웃어 보이지 않는다는 사실을 알게 됐다. 아무도 하이파이브를 해 주지 않았고, 아무도 '야, 징크!' 라고 말하지 않았다. 생각해 보니 왜 그런지 알 것 같았다. 운동회가 다가오는 것이다.

5학년에게 운동회보다 중요한 것은 없었다. 징코프는 아이들의 관심이 단지 자신에게서 운동회로 옮겨간 것이라고 생각했다. 더 이상 '야' 라고 자신을 부르는 소리를 들을 수 없었고, 자신을 향한 웃음도 보지 못했다.

좋아, 문제없어.

징코프는 더더욱 용기를 냈다. 징코프는 뒤뜰에 부엌 의자를 몇 개 가져다 놓고 의자 사이로 달리는 시합과 한 발로 뛰기와 궁둥이 뛰기 연습을 했다. 어릴 적에 했던 것처럼 자동차와 달리기 시합도 했다. 놀라운 것은 차들이 상당히 빨라졌다는 것이다.

학교에서는 운동회가 다가올 때마다 그랬듯, 호빈이 주목받고 있었다.

"같이 연습하고 싶어요."

운동회가 아직 2주나 남았을 때 호빈은 쉔크펠더 선생님에게 팀을 미리 정해 달라고 했다.

쉔크펠더 선생님은 칠판 꼭대기에 썼다.

빨강　노랑　보라　초록

선생님은 긴 종이 조각에 학생들의 이름을 써서 상자 안에서 넣고 섞었다. 그러고는 토마스를 앞으로 불러 고개를 돌리고 상자에서 쪽지 하나를 꺼내라고 했다. 상자 안에서 처음 나온 이름은 빨강 팀, 그 다음은 노랑 팀, 그 다음은 보라 팀, 그런 식으로 모든 학생들이 팀을 배정받았다.

호빈은 노랑 팀이었다.

징코프도 노랑 팀이 되었다.

"안 돼!"

자기 이름 아래에 징코프의 이름이 오르는 것을 본 순간 호빈은 자기도 모르게 소리쳤다.

"뭐라구?"

선생님은 칠판에서 돌아서며 물었다.

"또다시 같은 팀이 될 순 없어요. 해마다 서로 다른 팀에 들어가야 해요. 그래야 공평해요."

호빈이 말했다.

"엉뚱한 소리하지 마. 그런 규칙은 없어."

쉔크펠더 선생님이 얼굴을 찌푸리며 말했다.

"이제부턴 필요해요."

호빈이 입을 삐죽이며 낮은 목소리로 말했다.

10분 뒤 징코프의 책상 위에 쪽지가 하나 놓였다. 쪽지에는 이렇게 쓰여 있었다.

'노랑 팀을 잊어. 다른 팀으로 가.'

점심 시간, 운동장에서 호빈이 징코프에게 다가갔다.

"쪽지 받았냐?"

"응. 그런데 무슨 말이야?"

징코프가 물었다.

"거기 적힌 대로야. 넌 노랑 팀이 아니라구. 다른 팀을 찾아봐."

"하지만 난 노랑 팀이야. 선생님이 그렇게 말씀하셨어."

호빈은 징코프보다 키가 컸다. 호빈은 징코프의 두 눈으로 들어갈 것처럼 바짝 몸을 기울였다. 호빈이 숨을 내쉴 때 핫도그 냄새가 났다.

"잘 들어. 너 때문에 내가 또다시 질 수는 없어. 절대로 너와 같은 팀이 될 수 없다구. 알겠어? 그러니까 잊어."

호빈이 말했다.

징코프는 뭐가 뭔지 알 수 없었다.

일 주일 전만 해도 호빈은 자신과 하이파이브를 했고 "징크!"라고 불렀다. 그런데 지금은 이러는 것이다.

"하지만 연습했어. 지금은 잘해."

징코프의 말에 호빈이 웃었다.

"넌 문제아야. 넌 졌어. 가서 다른 애들이랑 져. 넌 절대로 노랑 팀이 아니야."

호빈이 돌아서며 말했다.

"제대로 걷지도 못하잖아."

호빈이 등 뒤로 덧붙였다.

"그래도 난 A를 받았다구!"

징코프는 마음 속으로 말했다. 그래도 달라질 것이 없다는 것을 알고 있었기 때문이다.

노랑 팀의 주장은 당연히 호빈이었다. 며칠 동안 징코프는 다른 팀 주장에게 가서 혹시 선수가 새로 필요하지는 않은지 물었다. 하지만 모두 아니라고 대답했다.

징코프는 어떻게 해야 할지 몰랐다. 징코프는 선생님에게 자신의 문제를 말하고 도와 달라고 부탁하고 싶었지만 그러지 않기로 했다.

너무 창피해서, 어느 팀도 자신을 받아 주지 않는다는 말을 엄마 아빠에게도 말할 수 없었다.

징코프는 행운을 가져오기를 바라며 분홍 풍선껌 돌멩이를 계속 문질렀다.

징코프는 꾸준히 연습했다. 더 열심히, 더 오래 연습했다. 운동회 전날에는 저녁을 먹을 때까지 집에 오지 않아, 엄마가 폴리에게 오빠를 찾아오라고 해야 했다. 두 구역 떨어진 곳에서 징코프는 자동차들과 달리기 시합을 하고 있었다. 폴리의 잔소리를 들으면서 숨을 헐떡이며 집으로 돌아오는 동안 징코프는 뭘 해야 하는지 알게 되었다.

다음 날, 징코프는 평소와 다름없이 학교를 향해 출발했다. 하지만 학교에 가지 않았다. 방향을 바꾸어 다른 길로 접어들었다. 멀리서 수업 시작 종소리가 들렸다. 학교로 달려가고 싶었지만 그렇게 하지 않았다. 시내를 걸었다. 호빈이 본 게 무엇일까? 징코프는 자기 발을 살펴보았다.

시내는 여느 때와 같았지만 똑같지는 않았다.

벽돌로 된 집과 길. 하지만 아이가 없었다. 마치 자신이 들어가 살고 있던 그림이 기울어진 것 같았다. 자신을 둘러싼 공간을 이렇게 이해해 본 적이 없었다. 마치 실수로 여자 아이의 방에 들어가 헤매고 있는 느낌이었다. 징코프는 자신이 아는 한, 그 일을 한 번 이상 해 본 유일한 사람이었다.

길 건너에서 꽃무늬 목욕 가운을 입은 아줌마가 계단 위의 신문을 줍기 위해 문 앞에서 몸을 굽히고 있는 게 보였다. 환기 구멍에서 나온 누런 고양이가 잠깐 동안 징코프를 살피더니 안으로 들어갔다.

징코프는 골목길을 기웃거려 보았지만 그것은 더 좋지 않았다. 어디를 가나 슬펐다.

징코프는 어디에도 없었다.

어딘가에는 자신이 있을 자리가 있기를 바랐다. 사람들과 함께 있고 싶었다. 하지만 학교에도 갈 수 없었고 집으로도 갈 수 없었다. 결국 윌로우 가 900번지로 걸어갔다.

윌로우 가를 걸으며, 하루 중 이런 낯선 시간에도 기다리는 노인이 그 자리에 있는 것을 보고 마음이 좀 편안해졌다. 징코프는 손을 흔들어 보이며 할아버지도 마주 흔들어 주기를 간절히 바랐다. 하지만 멍청한 짓일 뿐이라는 생각이 들었다. 할아버지가 웃는 것을 볼 수 있을까? 그러나 곧 그 기대를 접었다.

가죽조끼를 입은 꼬마 소녀 클로디아는 밖에 없었다. 징코프는 문을 두드리고 싶었다. "클로디아와 놀 수 있나요?"라고 말하고 싶었다. 하지만 얼마나 멍청하게 들릴까? 나는 열두 살인데.

"아, 우체부!"

징코프가 돌아보았다.

할머니가 보행 보조기에 의지해서 길을 건너고 있었다.

징코프는 할머니에게 달려갔다. 할머니가 그 곳에 있다는 사실이 너무 행복해서 와락 끌어안고 싶었다.

"안녕하세요."

"안녕!"

할머니가 말했다.

나이든 사람이 "안녕!"이라고 하니 좀 우습게 들렸다. 할머니에게 말하는 것을 가르쳐 줄 수 있을 것 같았다. 말하는 새처럼 말이다. 목욕 가운 밖으로 삐져나온 가느다란 다리가 새를 생각나게 했다. 학교 가는 아침 시간은 목욕 가운의 시간이 틀림없다.

"이리 들어와."

할머니가 말했다. 마치 징코프가 어디 있어야 할지 아는 것처럼.

할머니는 "학교 가는 날인데 여기서 뭘 하고 있니?"라고 묻지 않았다. "요즘 어떻게 지내니?"라든지 "자전거는 어떻게 했니?"라고도 묻지 않았다. 그냥 들어오라고만 했다. 마치 이런 일이 늘 있기라도 한 것처럼.

징코프는 안으로 따라들어갔다.

21. 인생의 열매

할머니가 계단을 올라 거실로 들어가는 데는 꽤 많은 시간이 걸렸다.

"이제 문을 닫아도 될 것 같구나."

할머니의 말에 징코프가 문을 닫았다.

안은 어두웠다. 징코프네 지하실만큼은 아니었지만 집 치고는 어두웠다. 불도 켜져 있지 않았다.

"자……."

할머니가 말했고 징코프는 다음 말을 기다렸다. 하지만 그게 다였다.

"자……."

할머니는 거실을 가로지르며 몇 번이나 그 말을 반복했다.

할머니는 보행 보조기의 다리 네 개를 앞에 놓은 다음 자신의 두 다리를 맞춰 갔다. 할머니에게는 다리가 여섯 개인 셈이다. 하지만 할머니는 세상에서 가장 느린 걸음으로 부엌을 향해 걸었다.

"자……."

거실에서 부엌으로 걸어가는 시간은 징코프가 학교에 가는데 걸리는 시간만큼 걸렸다.

"자…… 뭘 할까?"

뭘 할까? 그리 많지 않다. 정말로. 오늘만 아니라면 징코프의 인생은 꽤 좋은 편이었다.

그제야 떠올랐다. 지금 그들은 부엌에 있다. 할머니는 음식 이야기를 하는 것이다.

"스니커두들요."

징코프 머릿속에 첫 번째로 떠오른 것이었다. 할머니가 멈췄다. 뒤를 따라가던 징코프도 멈췄다. 할머니가 고개를 한 쪽으로 갸웃했다.

"스니커두들? 그 단어 들어 본 지가 수십 년은 된 것 같구나. 우리 어머니가 스니커두들을 만들어 주시곤 하셨지."

징코프는 나이 든 할머니가 할머니의 엄마와 함께 있는 것을 상상해 보려고 했지만 쉽지 않았다.

"우리 엄마도 스니커두들을 만들어요."

징코프가 말했다.

"아니야, 그렇지 않아. 엄마들은 이제 스니커두들을 만들지 않아."

"아니에요. 우리 엄마는 만들어요."

징코프가 다시 말했다.

"아니야."

할머니가 단호하게 말했다.

"만들어요."

징코프도 똑같이 단호하게 말했다. 약간 귀찮아졌다.

할머니는 식탁 다리를 보고 있는 것 같았다. 고개를 흔들었지만 아무 말도 하지 않았다. 다시 보행 보조기 쪽으로 돌아섰다.

"그런데 난 스니커두들이 없어."

그러고는 부엌을 계속 걸어갔다.

"다른 걸 먹어야 할 것 같구나."

다른 것이라.

징코프는 먹고 싶은 음식들이 생각났지만, 지금 그 곳은 식당이 아니라 집이라는 것을 잊지 않으려 애썼다.

"샌드위치는 어때요?"

징코프가 말했다.

"샌드위치……."

할머니가 징코프의 말을 조심스럽게 따라했다. 징코프는 할머니가 샌드위치가 뭔지 알고는 있을까 하는 생각이 들었다.

징코프는 아주 많이 늙은 할머니를 이렇게 가까이서 본 적이 없었다. 징코프는 이런 노인들이 알지 못하는 게 얼마나 많을까 궁금했다.

"샌드위치…… 샌드위치라……."

할머니는 얼어붙은 듯한 걸음으로 부엌을 가로질러 가며 되뇌었다.

보행 보조기의 뒷다리가 먼저 탄력 있게 쿵 내려앉고 다음에는 앞다리가, 그런 다음 할머니의 슬리퍼가 '쉬…….' 하고 조용히 바닥을 지나갔다. 쿵쿵, 쉬쉬.

"샌드위치……."

징코프가 의자에 털썩 주저앉았다. 할머니의 느린 걸음 때문에 머리가 띵할 지경이었다.

할머니는 철제 진열장 앞에서 멈춰 섰다.

"땅콩버터와 젤리는 어떠니?"

할머니가 물었다.

"아이들은 아직도 땅콩버터와 젤리를 좋아하지?"

징코프는 땅콩버터와 젤리에서 벗어난 지 이미 오래 되었다. 징코프는 엄마가 만들어 주는, 매운 겨자 소스를 뿌리고 고추와 계란을 넣은 샌드위치가 먹고 싶었다. 하지만 그것은 불가능할 것 같았다.

"물론이죠."

징코프는 대답했다.

할머니는 진열장과 냉장고를 뒤져 땅콩버터를 찾아냈다.

"젤리를 못 찾겠구나. 오늘은 상상 젤리를 먹을 거야. 어떠니?"

징코프는 이미 모든 것에 동의할 준비가 되어 있었다.

"좋아요."

할머니는 모든 동작에서 아주 느리고 아주 꼼꼼해서 징코프가 여태껏 보지 못한 것들을 보여 주었다.

징코프는 빵 위에 땅콩버터를 펴 바르는 것에 그렇게 많은 절차가 있는 줄 몰랐다. 느린 동작의 세상 속. 기다리는 노인에게도 이런 것일까?

몇 시간이 흐른 것처럼 한참 뒤, 할머니는 한 손으로 보행 보조기를 밀고 다른 한 손으로는 샌드위치가 놓인 접시를 들고 식탁으로 향했다. 할머니가 식탁 위에 접시를 내려놓고 두 번째 샌드위치를 가지러 가려고 하는 순간 징코프가 벌떡 일어났다.

"제가 갖고 올게요."

할머니가 의자에 앉고, 드디어 두 사람은 먹기 시작했다.

"내 젤리는 구즈베리 맛이야."

할머니가 말했다.

할머니는 하얀 쥐 같았다. 하얀 머리카락 사이로 보이는 분홍빛 머리 가죽과 분홍 빛 눈꺼풀. 눈은 젖어 있었지만 우는 것은 아니었다.

"우리 농장에선 구즈베리를 키우곤 했지. 넌 뭐니?"

"포도요."

징코프가 대답했다.

"젤리니? 잼이니?"

징코프는 당황했다.

"젤리인 것 같아요."

"잼이 펴 바르기 쉬운데."

"맞아요. 잼이에요."

"정말이니? 난 젤리가 맛있는 것 같던데."

"젤리예요."

아무래도 달라질 것은 없었다.

징코프는 상상하려고 정말 애썼지만 땅콩버터와 빵 맛만 느껴질 뿐이었다.

부엌에 있다는 게 다행이라는 생각이 들었다. 부엌은 집의 다른 곳만큼 어둡지는 않았기 때문이다.

샌드위치는 반으로 잘라 삼각형 모양이다. 징코프는 그렇게 하는 것이 좋다. 특별해 보이기 때문이다. 징코프가 미처 알아채기도 전에 징코프의 샌드위치는 벌써 없어졌다. 하지만 할머니는 이제 겨우 시작했다. 걷는 것만큼이나 먹는 속도도 느렸다.

할머니는 징코프를 바라보았다. 그러고는 샌드위치를 내려놓더니 찡그린 얼굴로 보행 보조기로 갔다.

"하나 더 만들어 줄게."

"아니에요."

징코프는 할머니의 손목을 잡았다. 할머니의 살갗은 마치 신문지 같았다.

"제가 할게요."

징코프는 일어나 샌드위치를 하나 더 만들었다.

"젤리 잊지 마라."

할머니가 어깨 너머로 소리쳤다.

징코프는 상상 젤리를 펴 발랐다. 징코프는 샌드위치를 대각선으로 잘라 삼각형으로 만들었다.

징코프는 이번 샌드위치는 좀더 천천히 먹으려고 애썼다. 서로 말도 없다. 뭐 마실게 없을까 궁금했지만 묻기가 겁났다.

"기다리는 노인을 아세요?"

징코프가 물었다.

할머니는 고개를 살짝 기울이고는 질문의 냄새를 맡기라도 하는 듯 코를 킁킁댔다.

"기다리는 노인?"

"길 아래 창문에 서 있는 할아버지요. 윌로우 가 924번지요."

할머니는 샌드위치를 내려놓고 좀더 생각하더니 고개를 저었다.

"기다리는 노인은 잘 모르겠구나."

"할아버지는 아주 오랫동안 기다렸대요. 아주 오랫동안요."

징코프는 할머니가 얼마나 오래인지 물어 주기를 기다렸다.

할머니가 징코프를 바라보았다. 할머니의 눈이 희미하게 반짝였지만 우는 것 같지는 않았다.

"얼마나 오래?"

갑자기 징코프는 그 숫자가 떠오르지 않았다. 아빠가 처음에 32년이라고 했는데, 그 때는 2학년이었다. 지금은 5학년이다. 3년이 지났으니까 32 더하기 3…….

징코프는 할머니를 바라보았다. 징코프는 숫자들을 할머니의 눈 속으로 떨어뜨렸다. 마치 돌멩이처럼.

"삼, 십, 오, 년, 이요."

할머니는 놀라는 것 같지 않았다. 다시 샌드위치를 집어들더니 한입 베어 물고는 오랫동안 씹었다. 할머니의 눈은 거실 저 너머를 향해 떠돌았다.

"뭘 기다리는 거지?"

"동생이요."

"아."

할머니는 그게 모든 것을 설명해 준다는 듯 고개를 끄덕이며 무미건조하게 말했다.

그 때 집 앞에서 무슨 소리가 들렸다.

징코프는 우편함이 열리고 편지가 넣어지는 소리라는 것을 알았다. 아빠가 편지를 배달하고 있었다. 하지만 할머니는 그 소리를 들은 것 같지 않았다.

"이름이 뭔데?"

할머니가 물었다.

"누구요?"

"그 동생 말이다."

그 질문에 징코프는 깜짝 놀랐다. 기다리는 노인의 이름이나 그 동생의 이름에 대해서 한 번도 궁금한 적이 없었기 때문이다.

"잘 모르겠어요."

할머니는 나머지 반쪽을 먹기 시작했다. 징코프는 다 먹은 지 이미 오래였다. 할머니가 샌드위치를 씹으며 자신을 바라보고 있는 것을 느꼈다. 징코프는 약간 불편했다.

할머니의 살갗은 12월의 웅덩이에 깔린 얇은 얼음처럼 투명했다. 마치 할머니 속을 들여다보고 있는 느낌이었다. 그 때 문득 그런 생각이 들었다. 할머니가 씹는 것을 멈추면 징코프의 이름을 물어 볼 것 같았다.

징코프는 할머니가 이름을 묻지 않기를 바랐다. 할머니가 "아, 징코프!"라고 부르거나 "오, 징코프!"라고 부르는 게 싫었다. 그냥 "아, 우체부!"로 불리고 싶었다.

징코프는 뭔가 말을 해야 했다. 빨리, 재미있는 동작과 함께.

"할머니, 전 'tintinnabulation'의 철자를 알아요."

징코프가 말했다. 그러고는 그 철자를 말했다.

사실 징코프는 누군가 그 철자를 물어 봐 주기를 오랫동안 기다렸다.

"t-i-n-t-i-n-n-a-b-u-l-a-t-i-o-n."

할머니는 입이 딸 벌어지고 눈이 휘둥그레졌다. 깜짝 놀란 것이다.

"그리고 A학점도 받았어요. 지리에서요. 우리 반에서 A는 나 하나뿐이었어요."

이번에는 그리 놀라지는 않았지만 기뻐하는 것 같았다.

할머니는 고개를 끄덕이며 살며시 웃었다.

"축하한다."

할머니는 놀라지 않았다. 마치 징코프가 할 수 있다는 것을 알고 있기라도 한 것처럼.

부모님이 해 주던 말이 메아리가 되어 들렸다.

‘천 번 축하해!’

그리고 갑자기 폴리가 태어나던 날 병원에서, 정말 필요하면 언제든지 별 두 개를 주겠다고 엄마가 약속했던 일이 떠올랐다. 오늘보다 더 필요한 날이 있을까?

“별 있으세요?”

할머니가 재미있다는 표정으로 징코프를 바라보았다.

“별이라니?”

“작은 종이 별 말이에요. 은빛인데, 붙일 수 있어요.”

징코프가 막 “셔츠에다가요”라고 말할 참이었다.

“종이로 됐다구?”

할머니는 고개를 끄덕이더니 일어나서 찬장으로 갔다.

“별이라…… 별이라…….”

할머니는 서랍을 뒤졌다.

보행 보조기를 부엌으로 끌어당겼다. 징코프는 괜히 물어봤다고 생각하며 후회했다.

“별이라…… 별이라…….”

할머니가 환한 얼굴로 돌아섰다.

손에 뭔가를 쥐고 있었는데 별은 아니었다. 우표 크기만 스티커였는데, 예전에 미크 선생님이 한 번인가 두 번 붙여 준 적이 있는 그런 종류였다.

“이건 어떠니?”

할머니가 징코프에게 스티커를 내밀었다.

완벽했다. 징코프는 스티커를 셔츠에 붙였다.

징코프는 스티커 때문에 자신이 얼마나 행복한지 말하지는 못했지만 두 눈이 젖어 들었다. 가슴 속 심장이 고동쳤고, 뭔가 힘들고 아픈 것이 속에서 빠져 나가는 것 같았다. 할머니에게 뭐든지 다 말할 수 있을 것 같았다.

징코프는 운동회 이야기와 왜 학교에 가지 않았는지를 이야기했다. 그리고 지금까지 가장 좋았던 두 선생님에 대해 이야기했다. 미크 선생님과 배움의 기차에 대해, 얄로비치 선생님이 "Z가 첫 번째가 될 거야!"라고 말했던 것에 대해. 또 기린 모자와 재빕과 재붑(할머니는 이 대목에서 크게 웃었다)에 대해 말했고 앤드류를 위해 만들었던 스니커두들과 헥터와 귀지 양초에 대해서도 이야기했다. 운동회에 대해 다시 한 번 이야기했고 시간이 알려 준 것과 호빈이 한 말도 이야기했다. 타이탄 팀에서 축구 선수로 뛸 때 골을 넣은 이야기도 했고 보일러 괴물이 있는 지하실 문을 닫았을 때 일어났던 일과 사실 아직도 반쯤은 보일러 괴물을 믿고 있다는 이야기도 했다.

이야기 하는 동안 징코프는 자신이 살아온 인생의 열매를 할머니의 무릎 위에 올려놓게 되었다. 행운의 분홍 풍선껌 돌멩이를 건넸다. 할머니는 옷 위에 두고 문질러 보더니 돌려 주었다. 징코프는 눈물 때문에 시야가 흐릿해져 할머니가 마치 귀신처럼 보였다. 할머니의 하얀 머리는 솜뭉치처럼 보였다.

지금까지 알고 있던 징코프는 바로 저 쪽에서 잠들어 있고 새로이 깨어난 징코프가 어느 새 길 위에 서 있었다.

"잘 가! 우체부!"

할머니가 계단 꼭대기에 서서 외쳤다.

지붕 너머로 태양이 빛나고 있었다.

학교는 끝났다. 가방을 멘 아이들이 집으로 달려가고 있었다. 공기가 시원하고 새로웠다. 얼굴을 스치는 바람이 기분 좋았다.

22. 영원히 외딴 곳

노랑 팀이 크게 이겼다.

징코프는 다음 날 학교에 도착하자마자 이 사실을 알게 되었다. 노랑 팀 선수들은 모두 목에 금메달을 매고 있었다. 플라스틱 메달인데도 올림픽 금메달처럼 보였고 빨간색과 하얀색과 파란색의 리본에 묶여 목에 매달려 있었다.

호빈은 운동회에서 멋진 승리를 이끌었고, 그 학기 남은 날 동안 학교의 영웅이 되었다. 가끔 호빈은 큰 소리로 웃기도 했고 이름도 모르는 친구들에게 다정히 굴기도 했다. 하지만 결코 자기 이야기를 먼저 말하는 법이 없었다. 잠자코 있으면 누군가가 축하해 준다는 것을 알았기 때문이다. 너무 많은 친구들이 축하를 해 주었기 때문에 누군가 축하해 주지 않으면 오히려 그게 놀라웠다.

호빈은 거만해졌고 쉬는 시간이나 재미없는 수업 시간에는 기지개를 켜거나 몸을 숙여 손으로 발끝을 잡기도 했다. 다른 사람들을 전혀 의식하지 않는 것 같았다. 두 눈은 저 너머를 향해 있었다. 헥터나 '아, 우체부' 할머니의 저 너머와는 다른 것이었다. '올림픽의 영광이 있는, 금으로 된 저 너머'인 것 같았다.

하루 이틀이 지나자 노랑 팀의 다른 선수들은 메달을 매고 다니는 것을 그만 두었지만 호빈은 날마다 매고 왔다. 졸업식 날까지.

졸업식 동안 징코프는 관현악단에 앉아 있었다. 관현악단은 졸업생들이 입장할 때 '위풍당당 행진곡'을 포함해서 총 두 곡을 연주했다. 자리가 무대에서도 높은 곳이었기 때문에 징코프는 모든 것을 볼 수 있었지만 관중석에서 부모님과 여동생이 어디 있는지는 찾지 못했다.

교장 선생님이 졸업식을 시작하는 연설을 했고, 이어서 부장 선생님도 연설을 했다. 다음으로 관현악단의 첫 번째 곡 '팰라지오 왈츠'가 흘렀다. 곡을 연주하는 동안 징코프의 플루트는 딱 두 번, 괴롭힘을 당하는 여동생처럼 끽끽거렸다. 음악 선생님은 주춤했지만 징코프는 전혀 알아채지 못했다.

최고 성적을 받은 캐티가 상으로 책을 받았다. 캐티가 단상에 서서 연설을 했다. 모두가 웃으며 캐티에게 집중했다. 관현악단만이 캐티가 무대 바닥에 신발 끝을 비비는 것을 볼 수 있었다.

다음은 상장과 특별 표창 차례였다. 수상자는 다양했다. 이것의 최고, 저것의 최고, 이것을 많이 한 사람, 저것을 많이 한 사람, 두 번째로 잘 한 사람, 세 번째로 잘 한 사람.

메달과 상장을 주고, 악수하고, 상품과 트로피를 주었다. 브루스는 학교장 상으로 유리로 만든 사과를 받았다.

징코프는 상장 수여식을 하는 동안 얄로비치 선생님이 뒤에 서 있는 것을 발견했다. 얄로비치 선생님이 그 곳에 있을 필요는 없었다. 4학년 담임인 선생님이 5학년 졸업과 무슨 상관이 있겠는가? 그런데 선생님이 거기 있었다. 미크 선생님과 함께 징코프가 가장 좋아하는 선생님이자, 이름의 알파벳 순서가 같은 동료.

그 때 갑자기 떠올랐다. 징코프는 졸업을 하는 것이다!

더 이상 올라갈 학년이 없다. 아침에 걸어가서 일등으로 학교에 도착할 일도 없다. 내년이면 버스를 타고 중학교에 갈 것이다. 이제 더 이상 아늑한 초등 학교 교실에서 머물 수 없다.

그 해 봄, 두 번째로 징코프는 눈물이 나올 것 같았다.

졸업식은 아직 끝나지도 않았는데 징코프는 벌써부터 새터필드 초등 학교가 그리워지고 있었다. 심지어 맨 구석 자리와 운동회, 비즈웰 선생님도 그리웠다.

주변을 둘러보았다. 모든 사람과 모든 사물이 정겨웠다. 담장도 끌어안고 싶었다.

모든 상이 다 주어지고 관현악단이 '넌 결코 혼자 걷지 않으리.'를 연주할 시간이 되었다. 징코프는 이렇게 힘든 일을 해 본 적이 없었다. 플루트 연주와 울기를 동시에 하기. 음악 선생님도 우는 것 같았다.

징코프는 맨 처음의 이천백육십일 중 이제 얼마가 남았는지 궁금했다. 결코 그 숫자를 잊지 않았다.

교장 선생님이 단상으로 천천히 걸어 나왔다. 교장 선생님은 '놀라운 음악'을 연주해 준 '재능 있는 음악가'들에게 감사를 표했다. 그러고는 앞줄에 앉아 있는 졸업생을 내려다보며 웃음지었다.

"이제, 우리가 기다려 온 시간입니다."

교장 선생님이 이름을 부르자 졸업생들은 한 사람씩 일어나 무대로 향했다. 부장 선생님은 돌돌 말아 파란 리본으로 묶은 종이를 모든 졸업생에게 나누어 주었다. 졸업장이었다.

대부분의 졸업생들은 졸업장을 바로 받고 싶어했지만 부장 선생님은 졸업장을 뒤로 감추었다가 악수를 한 다음에야 아이들에게 주었다.

이름을 부를 때마다 관중석이 들썩거렸다. 사람들이 사진을

찍기 위해 통로로 달려나가 기다렸다. 가족, 친척, 친구들이 졸업생을 환호했다. 어떤 사람들은 얌전히 환호했다. 가볍게 박수를 치며 '야, 사라!' 라든가, '파이팅, 니키!' 라든가.

어떤 가족들은 좀 떠들썩했다. 자리에서 뛰어오르고, 팔을 흔들고, 휘파람을 불고, 발로 바닥을 굴러댔다. 비교하지 않을 수 없었다. 누가 가장 우렁차고 길고 멋진 환호를 받는지, 누가 가장 카메라 플래시를 받는지. 마치 여기서 빠져 나가기 전의 최종 시험에서도 마지막 순간인 듯했다.

징코프는 그런 식으로 보지 않으려고 애썼다. 다른 가족만큼 요란스럽지 않다고 해서 졸업하는 아이를 덜 사랑하는 것은 아니니까.

징코프 가족이 그랬다. 징코프의 아빠는 휘파람을 불지도 않았고 엄마는 발을 구르지도 않았다. 하지만 징코프는 자신에게 열광해 주는 누군가가 있으면 좋겠다고 생각했다. 처음에는 누군가 있을 것이라고 상상했지만 이제는 더 이상 기대하지 않는다. 왜냐하면 아직도 부모님이 어디 있는지 찾지 못했기 때문이다. 아마도 고물차 7호가 고장 났을지도 모른다. 징코프는 아주 작은 소리에도 감사해야 할 만한 처지가 되었다.

징코프는 이런 생각을 하며 수많은 얼굴들의 바다를 헤매고 있었기 때문에 자기 이름이 불리는 것을 듣지 못했다.

"마지막이지만 결코 시시하지 않은 징코프."

교장 선생님은 기다렸다. 부장선생님도 기다렸다. 마치 징코프가 들뜬 나머지 어디 다른 곳에 가 있기라도 하듯 교장 선생님은 주변을 둘러보았다. 다시 한 번 더 불렀는데 이번엔 끝에 물음표가 붙었다.

"징코프?"

징코프는 얼른 정신을 차리고 벌떡 일어났다. 비틀거리며 교장 선생님 쪽으로 걸어가다가 클라리넷 연주자의 의자에 걸려서 바닥에 나뒹굴고 말았다. 플루트가 울렸다. 관중석에서 웃음이 터져 나왔다. 하지만 사람들을 탓할 수는 없었다. 이런 멍청이! 징코프도 같이 웃었다.

징코프는 황급히 일어나 인사를 꾸벅하고 다시 교장 선생님에게로 걸어갔다. 하지만 찾아가야 할 곳은 부장 선생님이라는 것이 떠올랐다.

그 때 다시 조용해졌다. 그리고 징코프는 다시 궁금해졌다…….

졸업장이 쌓여 있던 탁자 위에는 아무것도 없었다. 마지막 졸업장은 부장 선생님의 손에 있었다. 영원히 외딴 곳.

징코프가 졸업장으로 손을 뻗었지만 부장 선생님은 대신 크고 따뜻한 손을 내밀었다. 징코프는 악수를 했다.

"징코프, 여기 왔습니다."

차렷 자세로 서서 말했다.

부장 선생님은 씩 웃으며 간단히 인사를 하고 마침내 졸업장을 수여했다.

그 때 관중석에서 누군가 큰 소리로 외쳤다.

"징코프, 아자!"

귀에 익은 목소리였다.

징코프가 돌아보니 폴리였다. 오른쪽 가운데 가족들이 앉아 있었다. 부모님들은 손을 위로 하고 박수를 치고 있었는데 폴리는 그렇지 않았다. 폴리는 아빠 어깨 위에 목말을 탄 채 팔을 휘두르며 주먹을 위아래로 흔들고 있었다. 그러고는 큰 소리로 외쳤다.

"아자, 아자, 징코프!"

폴리는 몹시 흥분한 것 같았다. 폴리가 가장 열렬한 환호를 보냈다.

관중석 바로 뒤에는 얄로비치 선생님이 벽에 기댄 채 서서 징코프에게 엄지손가락 두 개를 들어 보였다.

23. 사라진 징코프

졸업식은 그랬다. 단 하루였다.

그리고 다음 날이 되었다.

그리고 또 다음 날.

징코프는 플루트도 치우고, 가방도 치우고, 졸업식 날의 기억도 모두 치워 버리고, 다음 인생을 계속했다.

벽돌과 호기 마을에 사는 징코프와 다른 아이들에게 있어서 이 여름은 크고 따뜻하고 얕은 호수와도 같았다.

어떤 아이는 장난을 치며 물을 끼얹었다. 어떤 아이는 너무 멀어서 보이지 않는 저 쪽으로 헤엄쳐 가기도 했다. 어떤 아이는 그냥 그 자리에 서서 발가락으로 모래 바닥을 파고 있기도 했다. 따뜻한 햇살이 눈부시고 나른하다.

원한다면 그냥 발을 내버려 두어도 괜찮았다. 왜냐하면 여름날 따뜻한 호수에서는 누구나 몸을 맡긴 채 떠다니기 마련이니까.

징코프는 윗마을에 사는 친구와 함께 실패작 1호를 타고 공원을 돌아다녔다. 해프탱크 언덕을 달려 내려가기도 했다. 자전거를 타고 있으면 징코프도 멋졌다.

7월에는 대부분의 시간을 모노폴리(*판 위에서 부동산 매매를 하는 놀이)에 미쳐서 보냈다. 어디든 모노폴리를 가지고 다녔고, 가장 좋아하는 말인 모자를 주머니에 넣고 다녔다. 징코프는 부모님, 스탠리 삼촌이나 이웃이나 '아, 우체부!' 할머니와 함께 모노폴리를 했다.

같이할 사람을 달리 찾지 못하면 놀아 달라고 늘 졸라대는 폴리와 놀았다. 하지만 징코프의 재산은 금세 불어나 돈더미가 쌓였다. 폴리를 이기는 것은 너무 쉬웠기 때문에 조금도 재미있지 않았다. 폴리가 화를 발끈 내며 발을 구르면 재미있었기 때문에 폴리를 참패시키기도 했다. 하지만 폴리는 전혀 상관하지 않았고 심지어 자기가 진 것을 눈치채지도 못하는 것 같았다. 그냥 주사위 굴리는 것을 좋아했고 말이 도착한 곳은 어디든 다 좋아했다. 오히려 징코프가 화가 났다.

징코프네 가족은 여름휴가로 멀리 여행을 갔다. 바닷가에서 3일을 보냈다. 산책도 했고, 미스터 피넛(*미국 식품 회사 마스코트. 정장을 한 땅콩 모습)과 악수도 했고, 아이스크림과 와플 샌드위치와 초콜릿을 씌운 얼린 바나나도 먹었다. 폴리가 모래에 구멍을 파는 동안 징코프는 쪼그리고 앉아 자신을 쓰러뜨리려는 파도와 맞섰다.

집으로 돌아온 뒤 징코프는 부모님에게 수영 강습을 받게 해 달라고 졸랐지만 부모님은 너무 비싸서 안 된다고 했다. 그래서 징코프는 보통 아이들처럼 지냈다. 부모님 침실에서 삼나무 향을 맡고, 민들레를 꺾고, 공원에서 시소를 타고, 그릇을 바닥까지 싹싹 핥아먹고, 자전거를 타고, 지나가는 기차 칸을 세고, 숨 참기 놀이를 하고, 쯧쯧 혀를 차고, 두부 맛을 보고, 이끼를 만지고, 공상을 하고, 뒤를 돌아보고, 앞을 보고, 소원을 빌고, 궁금해하고…… 그러다 보니 놀랍게도 여름이 끝나 있었다.

먼로 중학교는 무시무시했다.

네 군데의 초등 학교 학생들이 모인 학교였기 때문에 아주 컸다. 하지만 그네도 없고, 운동장도 없고, 쉬는 시간도 없다. 하루 종일 이 교실에서 저 교실로, 이 선생님에게서 저 선생님에게로 돌아다녀야 한다. 45분마다 복도로 모여 소몰이를 한다. 음매! 징코프 머리 위로 우뚝 솟은 8학년들이 학생들을 헤치고 나아가면서 밀면 징코프는 균형을 잃고 만다. 낯익은 새터필드의 얼굴을 보면 징코프는 환하게 웃음지으며 손을 흔들었다.

어느 날, 한 얼굴이 징코프를 얼어붙은 듯 멈추게 했다.

"앤드류!"

징코프가 소리쳐 불렀다.

그 옛날 옆집 친구였다.

앤드류는 이 쪽을 보는 것 같았지만 계속 걸어갔다. 징코프를 못 본 것 같았다.

"나야. 징코프. 징코프라구."

앤드류는 그제야 고개를 끄덕였다.

"아, 안녕."

징코프는 달려가 앤드류를 따라잡았다. 앤드류는 마지막 본 뒤로 정말 많이 컸다. 징코프보다 10센티미터는 더 컸다. 만약 징코프가 제대로 보지 않았다면 8학년이라고 생각했을 것이다. 키뿐 아니라 행동도 그랬다. 눈치를 보거나 기가 죽어 있는 다른 6학년 아이들과는 달리 앤드류는 자신이 이 곳에 있을 자격이 있으며, 태어난 것을 미안해하지 않아도 된다는 인상을 주었다.

"앤드류, 정말 많이 컸구나!"

징코프는 올려다보는 것이 약간 재미있게 느껴졌다.

"그래. 그리고 이제 난 드류야."

앤드류는 징코프의 머리를 내려다봤다.

"어?"

징코프는 당황했다.

"이제 내 이름은 드류라구."

"그래? 이름 바꿨니?"

"응."

징코프는 히더우드에 있는 앤드류의, 아니 드류의 새 집을 보지 못했지만 정원에 자동차 진입로가 있고 나무가 많은 집을 상상할 수 있었다. 징코프는 고개를 끄덕였다. 어쨌든 계산이 맞는 것 같았다. 새 집에, 새 이름.

"멋진데."

징코프가 말했다.

이제 둘은 나란히 걷게 되었다.

"아직도 아버지는 은행에 다니시니?"

드류가 징코프를 내려다봤다. 얼굴은 움직이지 않고 눈만 아래로 내리깔았다.

"너희 아버진 아직도 우체부니?"

징코프가 막 대답하려고 할 때 벨이 울렸다. 다음 수업 시작 종이 아니라 드류의 가방에서 나는 소리였다. 드류가 휴대 전화를 꺼내 받았다. 그러고는 방향을 바꾸어 다음 수업이 있을 교실 쪽으로 통화를 하며 걸어갔다.

징코프는 교실에 들어가 앉았다.

원하는 곳 어디나 앉을 수 있었다! 앞줄 가운데 정면으로 앉았다. 징코프는 맨 앞자리에 앉으려고 수업 시간마다 교실로 앞장서서 달려들어갔다. 첫 줄에 앉을 때마다 징코프는 얄로비치 선생님을 생각했다. 선생님이 보고 싶었다.

징코프는 밴드부에 들었다. 다른 초등 학교에서 온 플루티스트를 만났다. 그들은 서로 플루트를 비교했다.

카메라부에도 가입했다. 비디오부과 모형 자동차부에도. 도서관 도우미도 지원했다. 하지만 도서관 도우미를 제외한 다른 것들은 모두 그만 둬야 했다. 밴드부 연습에 지장이 있었기 때문이다.

어느 날, 징코프는 계단을 헛디뎌 거꾸로 굴러 떨어졌다. 징코프는 가방과 주머니에서 쏟아진 연필, 지우개, 책, 자, 트라이앵글, 행운의 분홍 풍선껌 돌멩이, 과자 부스러기, 모노폴리 모자 따위를 줍느라 한동안 넙죽 엎드려 있어야 했다. 그 난리 중에도 학생들은 여기저기로 수업을 받으러 가고 있었다. 8학년 두 명이 웃으며 걸어가다 모르고 발 밑의 과자를 밟고 지나갔다.

산수는 수학이 되었다가 이제는 기하학이 되었다. 정사각형이나 직사각형은 괜찮았지만 오각형, 육각형, 팔각형, 어쩌고각형은 정말이지 알 수 없었다. 징코프는 도형을 못 했다. 그래서 다시 수학으로 바꾸었다.

밴드는 그냥 밴드가 아니었다. 행진하는 밴드였다. 처음에 징코프는 멋지다고 생각했다. 멋진 유니폼에 금색 끈으로 장식된, 옛날 기린 모자만큼 높은 깃털 모자를 쓴 모습을 상상했다. 하지만 유니폼은 없었다. 고등 학교에 가야 받을 수 있고 중학교에서는 기초를 배운다고 했다.

밴드부는 주차장에서 연주와 행진을 동시에 하는 것을 연습했다. 처음 며칠은 단순히 앞으로 가는 행진을 했다. 걸으며 연주하기. 징코프는 어렵지 않았다.

다음에는 방향 바꾸기를 배웠다. 처음에는 90도 왼쪽으로, 다음에는 오른쪽으로, 그 다음에는 45도 전환, 그리고 180도 전환. 징코프는 요령을 터득할 수 없을 것 같았다. 징코프는 둘 중 하나만 가능했다. 연주하지 않고 행진만 하거나 행진하지 않고 연주만 하거나. 하지만 둘을 동시에 하려고 하면 주차된 차로, 자전거 보관소로, 같이 행진하는 친구에게로 행진했다. 마치 범퍼카 같았다. 최악의 날, 징코프는 튜바에게 돌진했고 코피가 났으며 집으로 가라는 말을 들었다.

하지만 징코프는 포기하지 않았고 돌아오지 말라고 하는 사람도 아무도 없었다.

학교 뒤에는 야외용 농구 골대가 두 개 있었다.

아이들이 연습 경기를 하는 시간이었다. 그물이 달린 골대는 8학년들이 차지했고 다른 하나는 7학년이나 6학년에게로 갔다.

징코프는 선택되기를 바라며 주변을 맴돌았다. 항상 잘하는 선수 두 명이 자기 팀 아이들을 뽑았다. 누가 그들을 뽑은 것이 아니었다. 자유투나 다른 시합으로 그 자리를 차지한 것도 아니었다. 그냥 스스로 나섰고 아무도 반대하지 않았다. 주로 호빈이나 드류가 애들을 뽑았다.

그 애들은 파울선에 서서 모인 아이들을 둘러보았다. 그러고는 차례대로 뽑았다. 먼저 선택되는 아이들이 좋은 선수들이었다. 선수들이 10명 모두 뽑히면, 선택받지 못한 아이들은 사이드라인으로 물러나 경기가 끝난 뒤 또다시 기회를 얻을 수 있기를 기다렸다.

징코프는 요즘 농구를 좋아한다. 징코프는 경기가 끝나기를 기다리고 또 기다렸다. 선택하는 아이들은 뽑을 때마다 똑같은 아이들을 뽑았다. 뽑는 시간 동안 징코프는 그 주변에 서서 잘 보이려고 애썼다. 농구를 잘할 것 같은 얼굴을 만들어 보였다. 심각한 표정으로. 누구든 이 아이가 득점을 하리라는 것을 알 수 있도록.

한 번은 드류가 징코프를 똑바로 바라보았다. 징코프는 자기 이름이 불리리라는 것을 확신했다. 드류의 입술이 '징코프'라는 모양이 되는 것 같았다. 하지만 나온 이름은……

"네드니."

9월이 가고 10월이 가고 11월이 된 다음 12월이 되었다.

잔디의 풀은 누렇게 변했고 버스에 탄 아이들은 입김을 불어 차창을 뿌옇게 만들었다. 밴드부는 실내로 들어왔고 농구 선수들도, 축구 선수들도 안으로 들어왔다. 할로윈 축제, 추수감사절, 농구, 시험, 숙제, 연구 과제, 성적표, 환호, 불평, 그리고 눈을 기다리기.

학교에 겨울이 찾아왔다.

그리고 징코프는 사라졌다.

사실 징코프는 사라진 것이 아니다. 징코프는 바로 거기, 모든 순간에 있었다. 웃고, 트림하고, 지우개를 물어뜯으면서. 다른 친구들처럼 징코프도 자기 인생에서는 반짝이는 별이었다. 거의 매일 밴드부원이나 다른 6학년 친구은 징코프를 보았고 그의 목소리를 들었다.

하지만 먼로 중학교의 수많은 아이들의 눈에는 징코프가 보이지 않았다. 새터필드에서 있었던 징코프에 관한 이야기도 사라졌다. 징코프 때문에 운동회에서 진 일 같은 것 말이다. 마치 사탕 포장지 안에서 사탕이 쏙 빠져 버린 것처럼 잊혀졌다. 이곳의 시계는 시간 밖에 말해 주지 않았다. 징코프는 여기서는 문제아가 아니었다. 하지만 그것보다 더했다. 아예 아무것도 아니었다.

첫눈이 내리기 훨씬 전에 징코프는 이미 모든 사람의 무관심 속으로 사라졌다.

24. 눈 내리는 날

눈이 북서풍을 타고 내린다. 눈발은 히더우드 하늘 높이 흩날리다가 타르를 바른 지붕 위로 방향을 바꾼다. 해프탱크 언덕 위를, 호기 오두막을, 우체국 위를 날다가 윌로우 가와 먼로 중학교의 잔디밭과 아스팔트 위로 내려앉았다. 2층 건물 창가에서 잠깐 춤을 추다가 빗물받이 홈통을 뛰어넘고, 결국 이 모든 것에서 지치면 지붕 위로 떨어졌다.

저 아래 교실에서 공책에 낙서를 하고 있던 한 8학년 아이가 위를 올려다보았다. 머리를 위로 젖히며 킁킁 냄새를 맡았다. 그러고는 자리에서 반쯤 일어난 상태로 서서 눈을 가늘게 뜨고 창 밖을 내다보았다. 눈이 커다래졌다.

"눈이다!"

아이가 팔을 뻗고 소리쳤다.

곧 학교 전체가 이 사실을 알게 되었다.

"그냥 진눈깨비야."

"이제 시작이야."

"눈보라가 될 수도 있어."

"내일은 눈이 펑펑 쏟아질 거야."

"기도하자!"

점심때까지도 여전히 진눈깨비였다. 학생들은 간이식당 창문에 모여 연방 외쳐댔다.

"눈! 눈! 눈!"

"그냥 진눈깨비야."

"계속 이럴 걸."

"우릴 속이는 거야."

"쌓이지도 않아. 봐, 땅이 말라 있다구."

7교시쯤, 남쪽으로부터 불어온 새로운 바람이 눈을 날려 버렸다. 하늘은 이내 하얗고 고요해졌다.

"배신자!"

하지만 학교가 끝날 때쯤 얼굴을 하늘로 향한 채 학교를 뛰어나오는 아이들 위로 젖은 눈송이가 펑펑 쏟아져 내렸다.

"눈이다!"

"눈이다!"

"눈이다!"

징코프는 학교를 사랑했고 눈이 오는 날도 사랑했다. 내일도 분명히 눈이 올 것이다. 집 근처 버스 정류장에 눈이 쌓이기 시작한 것을 보았다. 길바닥은 이미 하얗게 되었다. 징코프는 해프탱크 언덕에 눈이 얼마나 쌓일지 상상해 보았다.

"야호!"

징코프는 이제 더 이상 이렇게 외치지 않기로 했다는 것을 잊어버렸다.

눈은 물기가 적당해서 잘 뭉쳐졌고 길 여기저기, 온 마을에 눈싸움이 벌여졌다. 계단 위와 자동차 후드에 눈이 쌓이기가 무섭게 아이들이 긁어갔다.

징코프는 누가 쫓아오기라도 한 것처럼 3분 안에 저녁을 다 먹었다. 장갑을 벗고 음식을 입에 마구 쑤셔 넣고는 엄마의 잔소리를 무시하고 다시 장갑을 끼고 밖으로 나갔다. 눈은 그 사이 3센티미터는 더 쌓였다!

이윽고 날이 저물었다. 가로수 아래로 떨어지는 눈에는 아이들의 걸음을 멈추고 눈길을 끄는 뭔가가 있다. 하지만 잠깐일 뿐이다. 어둠 속에서 눈 뭉치가 날아들었다가 불빛 아래 눈발을 뚫고 다시 어둠 속으로 사라졌다.

첫 번째 제설차가 우르릉 소리를 내며 지나갔다. 아니, 제설차라기보다는 탱크였다. 아니면 로켓포가 달린 전차. 쾅!

탱크의 공격으로 긴장하고 있던 징코프가 한 구역 떨어진 곳에서 빛이 지나가는 것을 보았다. 빨갛고 하얗고 파란 불빛이 번쩍거렸다. 아이들이 팔을 늘어뜨린 채 돌아섰다. 어떤 아이는 달리고 있었다.

징코프는 불빛을 향해 달려가고 있는 아이들 사이로 끼어들었다. 무슨 일일까? 불이 났나? 살인 사건일까?

눈싸움은 계속되었다. 아이들은 달리면서 눈을 뭉쳐 던지기도 했는데, 마치 작은 전쟁 같았다. 한 구역 지나고, 아래로 두 구역, 다시 위로 한 구역을 지났다.

윌로우 가였다. 900번지. 축제라도 하는 듯 불빛이 환했다.

경찰차, 구급차들이 거리에 주차되어 빙빙 돌아가는 불빛 아래에서 부르릉거리고 있었고 그 위에 혹처럼 눈이 쌓여 있었다. 사람들은 현관에서 내다보며 소리치거나 발을 구르고 있었다. 라디오 소리가 들렸다. 길 위에 쌓인 눈은 사람들의 발자국으로 뭉개졌고 바퀴 자국도 나 있었다.

징코프는 핀볼게임의 공처럼 빨리 달렸다. 반짝이는 눈송이 사이로 창가에 우뚝 서 있는 기다리는 노인이 보였다. 마치 조지 워싱턴 같았다. 할아버지는 더듬더듬 말들을 이어 나갔다.

"……잃어버렸어……."

"……꼬마 소녀……."

"……엄마……."

"……추운데……."

"……미칠 것 같아……."

"……가죽끈……."

클로디아다. 가죽끈에 매인 꼬마 소녀.

없어진 것이다.

어쩐 이유에서인지 놀랍지가 않았다. 엄마가 등을 돌렸을 때 몰래 도망치는 꼬마를 쉽게 상상할 수 있었다. 몸부림치며 가죽조끼를 벗은 다음 가죽끈을 공중으로 내던지고는 손을 번쩍 들어 "야호!"라고 외치고, 눈이 내리는 거리로 내달려 마침내 자유가 된 꼬마를 상상했다. 꼬마는 징코프가 처음으로 혼자 밖에 나갔을 때만큼 자유로울 것이다.

클로디아의 집에서 불빛이 쏟아지고 있었다. 계단 앞에 모인 사람들 사이로 꼬마의 엄마가 보였다. 누군가의 울음소리도 들리는 듯했다.

장갑을 벗었다. 한 번에 한 손가락씩 빼 내야 했다. 장갑이 젖어서 얼음투성이였기 때문에 쉽지 않았다. 징코프가 던진 것들은 눈 뭉치라기보다 진창 뭉치였다. 왜냐하면 진창 뭉치가 더 잘 날아갔기 때문이다. 단 털장갑일 경우에는 흠뻑 젖어 얼음투성이가 된다는 것이 문제였는데, 웃긴 것은 던지는 것을 멈출 때까지 장갑이 젖었는지 아닌지를 전혀 알지 못한다는 것이다.

징코프는 장갑을 벗고 바지 주머니에 손을 넣어 돌멩이처럼 딱딱하게 굳어 버린, 클로디아가 준 행운의 풍선껌을 꺼냈다. 징코프는 차갑고 젖은 손가락으로 껌 덩어리를 굴렸다.

클로디아 엄마와 이야기하던 것이 떠올랐다. 병아리에 치인다고 하던 우스운 이야기도 떠올랐다. 클로디아가 가죽끈에 대해 불평하면 함께 이야기해 보겠다고 하던 것도 생각났다. 클로디아가 불만이 생겼는데 그냥 모든 것을 생략하고 가죽끈을 내팽개친 것은 아닐까? 걱정이 되었다.

주머니에 다시 행운의 돌멩이를 집어 넣었다. 쏟아지는 불빛 때문에 눈이 부셨다.

다시 장갑을 끼려고 했지만 장갑은 밤 공기보다 더 차가웠다. 장갑을 코트 주머니에 쑤셔 넣었다. 그제야 손을 넣을 만한 따뜻한 곳이 없다는 것을 알게 되었다. 주머니에서 다시 장갑을 꺼내 들고 노려보며 서 있었다. 근처 트럭 위에서 돌고 있는 빨간 불빛 때문에 손이 붉게 보였다. 징코프는 장갑을 잘 포개어 가장 가까이 있는 계단 위에 올려놓았다. 그러고는 걷기 시작했다.

그 때 눈덩이가 날아와 등을 때렸다.

"야, 징코프! 뭐하냐?"

아직도 눈싸움을 하고 있는 아이들이었다. 눈싸움은 화려한 경찰차 불빛 아래에서 좀더 새롭고 긴장감 넘치는 국면을 맞이한 것이다.

하지만 징코프는 계속 걸었다.

마을 사람 모두 길에 서 있거나 창문을 통해 바깥을 살펴보고 있었다. 모두 손전등을 하나씩 들고 있었다. 두리번거리는 눈들과 불빛으로 가득한 밤이었다. 스키 파자마를 입은 꼬마가 아장아장 걸어 나와 문간에 섰다.

"엄마, 나도 봐도 돼요?"

엄마가 뭐라고 소리쳤고 문은 쾅 닫혔다.

800번지는 좀 덜 혼잡하고 덜 밝았지만 발을 구르고 있기는 마찬가지였다. 700번지는 창문에서만 불빛이 흘러나왔다. 이 거리를 탐색하는 것은 훨씬 조용했다. 하얀 입김, 중얼거림, 눈 속에서 부츠가 끽끽대는 소리. 또다시 진눈깨비가 떨어지는 것이 느껴졌다.

두 구역을 더 지나자 길 위의 눈은 건드려지지 않은 채 쌓여 있었다. 징코프는 혼자였다. 마음 속에 있던 말이 속삭임이 되어 입 밖으로 나왔다.

"내가 꼬마를 찾을 거야. 내가 꼬마를 찾을 거야."

징코프는 계속 걸었다.

25. 클로디아를 찾아서

유리창에서 나오는 불빛과 거리의 가로등이 도움이 되었다. 마치 그 불빛들도 거리를 지켜 보고 있는 것 같았다. 불빛 아래로 떨어지는 눈송이가 마치 나방 같았다. 불빛이 미치지 않는 어둠 속에도 눈이 내리고 있을 텐데, 볼 수도 들을 수도 없었다. 혀를 내밀어 눈송이를 잡았다.

"클로디아…… 클로디아……."

어둠 속에서 징코프가 속삭였다.

왜 속삭이는지는 자신도 몰랐다.

아마도 필요 이상으로는 밤을 방해하고 싶지 않아서였을 것이다.

꼬마가 재미있게 놀고 있다면 듣지 못할 수도 있다.

"클로디아……."

눈이 쌓여 어느 새 발목을 덮었다. 징코프는 해변에서 파도를 헤치고 나아가듯 눈을 헤치고 나아갔다.

불빛이 미치지 않는 곳은 어두웠다.

"클로디아……."

어두워 보이지 않는 곳에다 대고 속삭였다.

집 앞 어둠의 골짜기가 징코프를 감쌌다. 밤은 깊어갔다.

"클로디아……."

징코프는 양쪽을 살피며 사거리를 건넜다. 아무것도 놓치지 않으려 애쓰며 길을 샅샅이 살폈다.

눈이 모든 것을 덮어 버렸다. 모든 것이 하얗고 부드럽고 불룩해졌다. 맞추기 놀이였다. 이건 뭐였을까? 저건 뭐였을까? 꼬마가 눈 밑에 있을지도 모른다는 생각을 했다. 아니면 찾아 주기를 기다리면서 놀고 있을지도 모른다. 사람들이 찾지 못하는 것을 보고 깔깔거리는 꼬마의 웃음소리가 들리는 것 같다. 아니면 잠들었을지도 모른다. 그 작은 새끼 곰이 눈 밑에서 잠든 것이다. 모든 둔덕이 꼬마인 것 같았다. 부츠로 푹 찔러 보고 뒤로 물러서서는 꼬마가 빨간 새처럼 웃으며 눈 속에서 뛰어나오기를 기다렸다. 하지만 그것은 썰매였거나, 버려진 텔레비전이었거나, 쓰레기 봉투였다.

"클로디아……."

그제야 생각이 떠올랐다.

꼬마는 조용하지 않아. 움직이고 있어. 달리고, 눈 위를 구르고 있어. 축하하고 있어. 끈이 풀리고 눈까지 내리는데 그 꼬마가 가만히 있겠냐구!

징코프는 계속 뒤를 돌아보았다.

빙빙 도는 불빛은 이제 멀어져갔다. 마치 떨어지는 우주선처럼. 멀리서 돌아가는 불빛이 좋았다. 그것은 징코프의 가죽끈이었다. 이제는 징코프도 클로디아가 자유롭지 않기를 바라게 되었다.

저 멀리 모퉁이에서 새로운 불빛이 나타났다. 우르르 소리를 냈다. 케이크를 뚫는 손가락처럼 눈을 퍼내고 있는 제설차였다. 제설차는 징코프 쪽으로 달려왔고 헤드라이트는 떨렸다. 태어나서 처음으로, 징코프는 이룰 수 없는 희망에 손을 내밀지 않았다. 제설차가 지나갈 때 갑자기 떠올랐다. 차도에 꼬마가 있으면 어떡하지!

"멈춰요!"

징코프는 소리쳤다.

하지만 제설차는 계속 우르르 소리내며 가 버렸다.

두 구역 더 가서 다시 뒤로 돌아보았다. 꼬마를 쉽게 찾지 못할 것 같다는 생각이 들었다.

징코프가 느낄 수 있는 것이라고는 고요함뿐이었다. 눈이 이렇게 조용히 내린다는 것을 믿을 수 없었다. 꼬마가 이렇게 멀리 왔다는 것도 믿을 수 없었다. 멀리서 돌아가고 있는 불빛을 마지막으로 한 번 더 보았다. 모퉁이를 돌았다. 징코프는 한 구역 더 내려가 불빛을 등에 지고 꼬마를 끝까지 찾기로 했다.

반 구역쯤 걸어 골목에 이르렀을 때 문득 떠올랐다.

골목!

이름도 없고, 지도에도 없고, 자동차도 없는 또 하나의 길. 꼬마가 모든 사람이 볼 수 있고 모든 불빛이 환하게 켜진 차도로 갔다고 누가 말했지? 뒷문의 빗장을 풀고 골목으로 가지 않았다고 누가 그랬지? 징코프는 어린 시절의 대부분을 동네 골목에서 보냈다. 느낄 수 있었다. 알 것 같았다. 여기가 꼬마가 있는 곳이라는 것을.

어둠 속을 들여다보았다. 불빛이라고는 없었다. 부엌 문이 닫힌 지하실만큼 어두웠다. 지하실에 밤이 내려와 있었다. 계단을 밟는다. 또 한 계단. 가로등 불빛이 징코프를 비추다가 어느 새 놓쳐 버렸다.

26. 아이들이란

“클로디아!”

징코프는 앞을 향해 속삭였다. 속삭임은 징코프의 눈이고, 손가락 끝이었다.

“클로디아.”

얼굴을 위로 들지 않으면 눈이 오고 있다는 것도 몰랐다.

제설차는 이 쪽으로는 오지 않았다.

뭔가에 걸려 넘어져서는 눈에 얼굴을 처박고 쓰러졌다. 일어나 얼굴을 닦았다. 목덜미의 눈이 옷깃 아래에서 녹았다. 넘어지지 않게 균형을 잡으려고 코트 주머니에서 손을 꺼냈다.

하지만 다시 넘어졌다.

행운의 돌멩이를 꺼냈다. 꽉 쥐었다. 손은 젖었고 차가웠다.

“클로디아.”

희미한 불빛이 저 앞 도로에서 보였다. 눈이 내리는 것이 다시 보였다. 징코프는 길을 건너 골목의 어둠 속으로 들어갔다.

"클로디아."

또다른 길을 건너고 또 길을 건넜다.

양방향 라디오(*2개 또는 그 이상의 지점에서 전파를 이용하여 메시지를 주고받는 것)의 삑삑대는 소리가 들렸다. 오른쪽으로 환기구를 통해 빛이 들어왔고 지붕의 실루엣이 비쳤다. 목소리가 들렸다. 그곳은 클로디아네 집 뒤였던 것이다. "당신들은 엉뚱한 곳에서 찾고 있어요!"라고 외치고 싶었지만, 징코프는 불빛과 목소리들을 뒤로한 채 계속 터덜터덜 걸어 어둠 속에 잠겼다.

"클로디아."

행운의 돌멩이를 꼭 움켜쥐었다. 주머니에 손을 집어 넣었다. 주머니도 손만큼 축축하고 차가웠다. 어떻게 이럴 수 있지?

오른쪽과 왼쪽으로 향한 네모난 불빛으로 부엌과 침실 창문이 있음을 알 수 있었다. 불빛이 있긴 했지만 골목길까지는 닿지 않았다. 그냥 검은 벽에 붙어 있는 노란종이처럼 납작했다.

징코프는 길이 움푹 파인 것을 보지 못해 비틀대다가 열려 있는 문과 사슬로 된 울타리에 부딪혔다. 차갑고도 부드러운 밤에 이런 것이 있으리라 누가 짐작이나 했을까?

징코프는 계속 터덜터덜 걸었다. 더 이상 발을 들어 올리려

애쓰지 않았다.

"클로디아."

꼬마가 얼마나 오래 견딜 수 있을까? 작은 소녀가 눈 내리는 밤에 얼마나 오래 따뜻함을 유지해야 살아 있을 수 있을까?

꼭 찾을 거야.

그런데 어떻게 찾지? 나처럼 뭔가에 걸려 넘어져 웅크린 채 떨고 있는 것은 아닐까? 꼬마가 웃고 말하는 것을 듣게 될까? 혹시 이렇게 말하는 것은 아닐까?

"내가 도망쳤어요! 도망쳤다구요!"

꼬마를 발견하면 무슨 말을 할까?

생각하고 생각했다. 아마 "아!"라고 말할 것이다. 그것밖에는 생각나지 않았다.

집으로 돌아가기 전에 눈싸움을 하고 싶어할까? 그럼 "바보같이 굴지 마."라고 말해야겠지? 그래도 꼬마가 고집을 피우면?

징코프는 동생 폴리를 떠올렸다. 폴리도 클로디아만큼 꼬마였을 때가 있었다. 폴리도 곧잘 달아나곤 했다.

"오빠를 닮았군."

엄마가 말했다.

하지만 그것은 사실이 아니었다. 징코프는 달아나지 않았다. 집을 떠난 것이다. 둘은 엄연히 달랐다. 폴리는 달아났고 자신은 집을 떠났던 것이다.

엄마는 "문 잠가라."라고 말하며 폴리에게 주의를 주었다. 아마 "끈으로 묶어라."고 말할 수도 있었겠지만 징코프네 집에는 가죽끈이 없었다. 만약 문을 잠그지 않았다면 폴리는 계단을 내려가 길을 나섰을 것이다.

폴리를 붙잡아 두는 일은 가장 가까이 있는 사람의 몫이었다.

"언젠가는 폴리에게 도전할 기회를 줄 거야. 원하는 대로 걷게 해 줘 봐야지."

아빠는 종종 말했다.

"아마 폴리는 클리브랜드까지도 걸어갈 수 있을걸."

그러면 스탠리 삼촌이 이렇게 말했다.

어느 날, 아빠는 폴리에게 도전할 기회를 준 것은 아니지만 어디든 가게 내버려 두었다. 폴리 뒤에 아빠가 따라가고, 아빠 뒤에는 징코프가 따라갔다. 폴리는 차도에 도착하자 멈추지도 않고 춤추듯 걸어서 길을 건넜다. 자동차를 조심하며 아빠는 엄마오리처럼 폴리를 지켜 보았다. 아빠가 뒤에 있다는 것을 알자 폴리는 비명을 지르면서 더 빨리 달렸다. 폴리의 작은 엉덩이가 사과 두 쪽처럼 통통 튀었다.

폴리는 클리브랜드까지는 아니지만 루드로 거리까지 갔다. 아빠는 그 뒤 몇 년 동안이나 1킬로미터는 되는 거리라고 허풍을 떨었다.

결국 폴리는 멈췄다.

재미있는 것은 속도를 늦춘 것이 아니라 그냥 멈춘 것이다. 그것도 길 한가운데서. 폴리는 갑자기 멈추고 뒤로 돌더니 아빠와 오빠를 바라보았다. 그러고는 길 한가운데에서 사과 두 쪽으로 털썩 주저앉아 버렸다. 자동차 한 대가 멈춰 섰고 다른 차들은 그들을 돌아서 가야 했다.

폴리는 너무도 즐거운 상태였다.

"난 도망쳤어!"

폴리가 큰 소리로 말했다.

태양도 폴리의 웃음을 따라갈 수 없었다. 그 순간 징코프는 말로 표현할 수 없는 어떤 것을 보았다. 아이들은 달아나다 발견되고, 뛰다가 잡히는 것이다. 아이들이란 그런 것이다. 발견되고, 잡히고.

그리고 폴리는 징코프가 평생 잊을 수 없는 일을 했다. 길 한가운데 앉아 있다가 이 쪽으로 달려왔다. 그런데 아빠가 아닌 징코프에게로 온 것이다. 징코프는 가슴이 벅차올랐다. 폴리를 안아 올려 어깨에 목말을 태우고 집까지 왔다.

"클로디아."

클로디아는 이제 달아나지 않는다. 징코프는 알 수 있었다. 꼬마는 기다리고 있다.

행운의 돌멩이가 느껴지지 않았다. 떨어뜨린 것일까? 징코프는 미칠 것 같았다. 다음 가로등까지 와서 다시 살폈다. 돌멩이는 그대로 손 안에 있었다. 징코프의 손이 돌처럼 되어 버려 차갑고, 딱딱하고, 감촉이 없어진 것이었다.

징코프는 돌멩이를 들어올려 부드럽고 차가운 볼에 비볐다. 이번에는 입술에 비볐다. 그러고는 몸에서 유일하게 따뜻한 부분인 입 속에 넣었다.

"클로디아."

징코프는 다시 어둠 속으로 걸어갔다.

27. 자신과의 싸움

징코프는 골목 끝에 도착했다. 길을 따라 올라가 다른 골목에 닿았다. 풍선껌 돌멩이를 빨며 따뜻하게 만들었다. 손에 대고 입김을 후후 불었다.

얼굴을 들어 위를 보았다. 입술 말고는 얼굴에 눈송이가 떨어지는 것을 느낄 수 없었다. 별이 보였으면 좋겠다고 생각했다. 징코프는 하늘의 별들이 아직도 자기 별이라고 생각했다. 어린 시절 믿었던 것 중의 하나는, 지구로 떨어지는 별들을 엄마들이 아이들의 셔츠에 붙여 주려고 주우러 간다는 것이다. 아직도 그것을 믿고 싶었다.

징코프는 걸음을 멈추고 하늘을 향해 얼굴을 들어올렸다. 눈을 감고 눈꺼풀 위로 떨어지는 눈송이를 느꼈다. 죽은 별의 차가운 재.

징코프는 그만 두고 싶었다. 잠자러 가고 싶었다. 침대가 생각났다. 잠옷을 입은 모습을 떠올렸다. 아니, 먼저 욕조에 있는 모습을 상상했다. 징코프는 다 컸기 때문에 샤워를 했지만 이번 한 번만은 욕조에 몸을 담그고 목욕을 하고 싶었다. 물이 계속 흐르게 내버려 둔다. 엄마는 "징코프, 이제 됐다. 물 잠그렴."이라는 말을 하지 않는다. 징코프는 따뜻한 물을 배꼽이 잠길 때까지 흐르게 한 다음 물을 잠그고 김이 나는, 영원히 계속될 것 같은 따뜻함 속으로 머리만 남기고 들어간다. 다음에는 침대 속으로, 이불 밑으로 들어가 이불을 돌돌 만다. 추위 때문이 아니라 기쁨으로 떨며 부드럽고 따뜻한 이불의 언덕 아래에서 깔깔댄다.

또다시 무언가에 걸려 넘어지며 쇠사슬로 연결된 울타리를 흔들었다. 눈이 마치 울타리가 흔들리며 내뱉는 숨소리처럼 쏟아졌다.

"클로디아아아아아!"

징코프는 깊은 어둠 속으로 소리쳤다.

조용했다.

놀랍게도 머리 위는 춥지 않았다. 머리숱이 많았고, 징코프가 계속 넘어지느라 머리 위에 쌓인 눈이 치워졌기 때문이다.

하지만 귀는 얼고 있었다. 귀 끝은 너무 차가워서 마치 불타는 것 같았다. 손으로 귀를 감쌌지만 손도 귀만큼 차가웠다. 집에 돌아가면 아마 혼이 날 것이다. 엄마는 늘 이런 날씨에는 모자 없이 밖에 나가지 말라고 말했다. 엄마는 최소한 50번은 "하늘이시여, 도우소서."라고 말할 것이다.

기다리는 노인이 생각났다.

기다리는 노인이 베트남에 가서 동생을 직접 찾아볼 생각을 해 보았는지 궁금했다. 아마도 생각했을 것이다. 동생이 실종됐다는 소식을 듣자마자 베트남으로 갔을지도 모른다. 자신이 바로 동생을 찾을 적임자라는 것을 알고 신발이 다 닳을 때까지 정글 여기저기를 헤매고 다녔을 것이다. 그러다가 두 번째나 세 번째로 신발을 바꾸게 되었을 때쯤 쫓겨났을 것이다. 정글은 할아버지의 것이 아니라 그들의 것이었으니까. 그게 바로 할아버지가 집으로 돌아와 창가에 서 있는 이유이다. 할아버지에게는 선택의 여지가 없었던 것이다.

할아버지네 건너편 클로디아네 집의 창문을 통해 클로디아의 엄마가 보였다.

"맞아. 정말 창피한 일이지. 눈보라가 치는 어느 날 밤 꼬마가 달아난 거야. 가죽끈으로 묶어 두었는데 내팽개친 거지. 온 마을이 꼬마를 찾아 나섰어. 심지어 징코프라는 아이까지 말이야. 모두가 찾고 또 찾았지. 이 잡듯 샅샅이 온 마을을 뒤집어 놓았단다. 하지만 꼬마를 찾지 못했어. 자, 저길 봐. 그 꼬마 엄마가 창가에 앉아 있어. 딸이 돌아오길 바라면서 말이야. 아마

삼십 년도 넘게 기다리고 있을 거야…….”

먼 미래로부터 이런 목소리가 들리는 것 같았다.

징코프는 행운의 돌멩이를 세게 깨물었다.

“클로디아.”

징코프는 두 번째 골목의 끝에 닿았고 세 번째 골목으로 접어들어 그 끝까지 가서 또다른 골목을 찾았다. 모퉁이를 돌기 전에 멀리서 빨갛고 하얀 불빛이 빙글빙글 돌아가는 게 보였다. 사람들이 엉뚱한 곳에서 찾고 있는 것을 원망하고 싶지 않았다. 불빛을 본 뒤 징코프는 다음 골목으로 걸어가는 동안 마치 같은 팀이라도 된 듯 기분이 좋아졌다.

징코프는 깨닫지 못했지만 클로디아네 부엌과 침실의 불들은 모두 꺼져 있었다.

징코프는 갑자기 뭔가 다르다는 것을 알게 되었다.

시끄러웠다. 눈이 시끄러워지기 시작한 것이다. 마치 빗자루로 쓸어내는 듯한 소리가 들렸다.

얼굴에 작은 바늘 같은 게 느껴졌다. 눈이 아니었다. 비도 아니었다. 잠시 뒤 부드럽게 쓸어내는 소리가 지저귐으로 바뀌었다. 마치 저 위의 누군가가 세상에 소금을 뿌리는 것 같았다. 발자국이 뽀드득거렸다. 길을 보니 눈의 표면이 거칠고 미끄럽고 차가워졌다. 눈천사(*눈 위에 누워 팔과 다리를 쭉 펴고 바닥에 대고 움직여 천사 같은 형상을 남기는 것)를 만들기에는 좋지 않은 눈이다. 눈이 더 거칠어지기 전에 눈천사를 만들어야 한다.

클로디아가 눈천사를 만들고 있는지 궁금했다. 눈 속에서는 천사가 보이지 않을까? 천사가 눈 속에서 사람들을 만드는 걸까? 클로디아가 천사가 아닐까?

작은 눈 알갱이가 얼음비로 바뀌어 징코프의 얼굴을 세차게 때리고 목을 타고 어깨 위로 내려와 징코프가 깨어 있도록 했다. 좀 전에 깜박 잠든 것 때문에 얼마나 놀랐는지 모른다. 지금 여기서도 또다시 누워 있다. 몸을 일으켜보려고 했지만 손이 눈 때문에 자꾸 미끄러졌다. 차가운 솜 같은 눈이 팔꿈치를 지나 코트 안으로 들어왔다. 징코프는 벌떡 일어나 팔을 거칠게 흔들며 눈을 털어냈다. 눈은 떨어졌지만 눈보라 치는 날 아빠가 그랬듯 고드름을 달고 싶은 마음은 털어내지 못했다.

징코프는 다시 앞으로 걸어갔다. 머리가 샤워라도 한 것처럼 흠뻑 젖어 있었다.

"엄마, 저 샤워해요."

정말 그렇게 말을 했는지, 아니면 생각을 한 건지 분명하지 않았다.

모든 것이 더 이상 확신할 수 없었다. 온 세상이 뒤섞여 모든 것의 차이가 사라지는 것 같았다. 자신이 어디서 끝나는지 눈이 어디서 시작되는지 알 수 없었다. 눈은 징코프였다. 추위도 징코프였다. 어두운 밤도 징코프였다.

입 속에 있는 돌멩이로 자신을 알 수 있을 뿐이었다. 그것은 예전에 징코프였던, 마지막으로 희미하게 빛나고 있는, 타다 남은 장작이었다. 돌멩이를 살짝 깨물고 혀로 감쌌다. 밤으로부터 벗어나려는 듯 징코프는 얼어붙은 얼음을 발로 짓밟았다.

"클로디아!"

다시 한 번 더 발로 짓밟고는 어둠을 향해 외쳤다.

이제 꼬마는 징코프를 화나게 만들었다.

"내가 찾을 때까지 꼼짝 말고 기다려!"

어슴푸레한 빛. 먼 곳의 목소리. 딸꾹질 소리처럼 들리는 재미있는 사이렌 소리.

"내가 여기서 찾고 있어요! 거기서 찾아보세요! 우린 꼭 찾을 거예요!"

다시 외쳤다.

아니면 그렇게 소리쳤다고 생각한 것일까?

징코프는 떠올리고, 떠올렸다.

클로디아의 엄마.

기다리는 노인.

기다리는 사람은 하나로 충분하다. 윌로우 가 900번지에 더 이상 기다리는 사람이 생기면 안 된다.

"절대로!"

징코프는 큰 소리로 말했다.

그리고 잠들었다.

여전히 걷고 있었지만 어두운 창문 뒤의 사람들처럼 잠들어 버렸다.

왜 안 되겠는가? 누구든 자신이 밤이 되고 밤이 자신이 되고, 입 속의 마지막 돌멩이가 되고 너무 캄캄해서 아무것도 볼 수 없어서 눈을 감은 것과 뜬 것에 차이가 별로 없을 때는 아주 쉬운 일인 것이다.

차고 문 안까지 걸어갔다.

문을 아무렇게나 열어 젖히고는 눈 위에 등을 대고 털썩 쓰러졌다. 일어나 다시 갈팡질팡하다가 뒤로 돌아서서 왔던 길로 다시 터벅터벅 걸어 나갔다.

"클로디아."

걷고, 또 걸었다.

쿵, 쿵, 쉿, 쉿.

"아, 우체부!"

징코프가 올려다보았더니 할머니가 웃고 있었다.

"들어오너라."

할머니가 말했고 징코프는 안으로 들어갔다.

정말 놀라운 일이었다. 따뜻한 초콜릿 시간인 것이다!

징코프가 어릴 때 쓰던 '위니 더 푸' 곰이 그려진 낡은 머그잔이 있었다. 할머니는 거품과 김이 나는 뜨거운 초콜릿을 따랐다. 다음으로 딱 알맞은 시간이 흐르고 차가운 크림이 나왔다. 할머니가 크림을 얹었다. 하지만 충분하지 않았다. 왜냐하면 지금은 징코프의 엄마였고, 할머니는 놀이를 하는 중이며, 징코프가 "좀더 주세요!"라고 말하기를 기다리고 있었기 때문이다. 징코프는 그렇게 말했고 할머니는 크림을 더 떠서 얹었다. 초콜릿을 마시려면 온 얼굴을 차가운 크림에 묻어야 할 지경이었다. 천국이었다. 자동차가…….

징코프는 잠결에 길을 걸어 주차된 자동차로 갔다.

터벅터벅 걸었다. 골목에 있다고 생각했지만 거리 한가운데 있었다. 요란한 사이렌 소리와 꽥꽥대는 소리가 들렸다. 빨갛고 파랗게 빛나는 불빛도 보았다. 사람들이 아직도 꼬마를 찾고 있는 것 같아 안심이 되었다. 사람들이 먼저 꼬마를 찾을 것 같았다.

비가 더 세게 내리기 시작했다. 빗소리가 좀더 거칠어졌다. 징코프는 눈을 가늘게 떴다. 가로등 불빛 아래로 비를 보려고 했지만 집중할 수 없었다. 손을 들어 보았는데, 손이 가만 있지 못했다. 위를 보았다. 얼굴에 떨어지는 것은 아무것도 없었다. 비가 그쳤다. 눈도 그쳤다. 비가 아니었다면 그건 무슨 소리였지?

그것은 바로 징코프 자신의 소리였다. 이가 부딪히며 덜덜거리는 소리가 고물차 9호가 내는 소리보다 훨씬 심각했다. 손처럼, 몸처럼 흔들리며 입 속에 있는 행운의 돌멩이가 춤을 추었다.

징코프는 추웠다.

따뜻하다고 느꼈던 것은 착각이었다.

아빠인 체 해 보았다.

"식은 죽 먹기야……. 식은 죽 먹기야……."

발을 내디딜 때마다 말했다.

다른 차 쪽으로 비틀거렸다. 잠들지 않기 위해 꼬집어 보았다. 발을 굴렀다. 발가락이 느껴지지 않았다. 누가 발가락을 가지고 간 것일까?

"누군가 내 발가락을 가지고 가 버렸네……."

노래를 불렀다.

"클로디아…… 아, 클로디아……."

또 노래했다.

깨어 있어야 해. 깨어 있어야 해. 꼬마를 찾아야 해. 더 이상 기다릴 수는 없어.

"T-I-N-T-I-N-N-A-B-U-L-A-T-I-O-N"

가장 좋아하는 단어 철자를 큰 소리로 말했다.

"T-I-N-T-I-N-N-A-B-U-L-A-T-I-O-N"

노래했다.

클로디아가 부르는 소리가 들렸다. 해프탱크 언덕에 있었다. 클로디아는 징코프에게 업혀 썰매를 타고 함께 언덕을 내려갔다. 클로디아가 소리를 지르고 또 질렀다. 그 아이는 폴리였다. 폴리가 아빠의 어깨에 올라타 소리를 지르고 있었다.

"달려, 징코프! 달려, 징코프!"

징코프는 거리 끝까지 바람처럼 달려 내려갔다. 달리는 차들이 놀라 멈춰 섰다.

"Z가 첫 번째가 될 거야!"

얄로비치 선생님이 말했다.

"Z가 맨 마지막이야!"

비즈웰 선생님이 말했다.

기다리는 노인이 창문에서 윙크하며 말했다.

"스니커두들 좀 주겠니?"

노란 버튼, 누런 버튼, 무슨 말이니?

"우리 팀에서 나가."

노란 버튼이 말했다.

천 번 축하해. T를 줘! I를 줘! N을 줘! …… 그게 뭐야? 양초, 양초! 여기 있어! 귀지 양초. 각각 모두에게 이천백육십 번 축하해! 이천백육십, 이천백……. 모두 타세요! 모오두 타세요! 다음 역은 재빕, 재빕, 재빕. 안녕하세요, 작은 시민들. 안녕하세요, 안녕하세요. 하늘이 도와, 하늘이 도와…….

불빛 때문에 눈을 뜰 수 없었다. 불빛이 흔들렸다. 뒤로 돌아 골목으로 가 클로디아를 찾아야 했다. 하지만 빛으로부터 달아날 수가 없었다. 움직일 수 없었다. 휘파람 소리가 들렸고 목소리가 들렸다.

"얘야. 꽉 잡아……."

28. 외출 금지

목소리.

그리고 가위 소리. 싹둑싹둑.

징코프는 따뜻했다. 굳이 보고 싶지 않았다. 감은 눈 너머로 따뜻하고 포근함이 느껴졌다.

"이런 경우는 처음이에요. 제가 조심했기에 망정이지……."

어디선가 들어 본 듯한 남자의 목소리. 멀리서 말하는 것 같았지만 분명히 들렸다.

"왜 그랬는지는 말하지 않았죠?"

아빠의 목소리.

"아무 말도 하지 않았어요. 아마도 할 수 없었을 거예요. 떨고 있었거든요. 그런데 재미있는 것은 제가 처음 봤을 때 얘가 노래를 하고 있었어요."

"누군지 금방 알아보셨어요?"

엄마였다.

"글쎄요, 그럴 거라 생각했죠. 제 말은, 다른 누가 있겠어요? 인상착의에 딱 맞더라구요. 키도 비슷했구요, 하여간 물에 빠진 생쥐 같았다니까요."

"조심하고 있었단 말이군요. 인상착의를 들었고 그래서 밖을 보며 천천히 가고 있었다는 거죠?"

엄마였다.

"아무도 없었구요."

"행운의 연속이군요. 만약에 저였다면 왜 그랬는지 묻지 않고는 못 배겼을 것 같은데……."

아빠가 말했다.

"늘 그래왔잖아요."

스탠리 삼촌이었다.

"집에서 나가기. 징코프를 잡아 둘 순 없어요. 늘 나가잖아요. 잠도 자지 않구요. 학교에 빨리 가려고 집에서 몰래 빠져나가잖아요. 아침 일찍 말이에요!"

"난 아니거든."

웃음소리.

"저도 아니에요. 하지만 징코프는 그렇잖아요. 폴리도 그렇구요. 두 살 때였던가 클리브랜드 절반까지 갔잖아요."

"루드로 거리까지였어."

"어쨌든요."

또 웃음소리.

징코프는 갑자기 생각났다.

"클로디아!"

징코프는 눈을 떴다.

부모님 침대에 누워 있었다. 폴리가 가위를 손에 든 채 무릎을 꿇고 옆에 앉아서는 멍한 표정으로 쳐다보았다. 그러고는 벌떡 일어나 아래층에 대고 소리쳤다.

"엄마! 엄마! 오빠가 깼어요."

인사하는 소리가 들리고 문이 열렸다가 닫히고 계단을 올라오는 발자국 소리가 들렸다.

부모님, 폴리, 스탠리 삼촌이 모두 방으로 들어왔다.

"열이 없다니 믿을 수가 없어."

엄마가 침대에 앉아 징코프의 이마를 짚어 보았다.

"징코프, 거기서 대체 뭘 하고 있었던 거니?"

징코프가 말하려는데 엄마가 징코프의 말을 막으며 말했다.

"클로디아를 찾고 있었어요."

너무 바보 같은 질문이라 답하기 힘들었지만 어쨌든 징코프는 답했다.

"다른 사람들도 그랬잖아요."

그러고는 그 질문이 얼마나 바보 같은지 보여 주려는 듯 덧붙였다.

네 명 모두 우습다는 표정을 하고 징코프를 바라보았다. 아, 아직도 클로디아를 찾지 못했구나, 징코프는 생각했다.

이제는 서로를 바라보았다.

"클로디아라니?"

엄마가 말했다.

"어젯밤 잃어버렸던 그 여자 애요. 그 애 이름이에요."

스탠리 삼촌이 설명했다.

엄마의 표정이 무서웠다. 엄마의 두 눈이 징코프의 눈 바로 위에서 번쩍였다.

"꼬마 여자 애를 찾고 있었다구?"

엄마의 목소리가 속삭이듯 낮아졌다.

징코프는 뭔가 부서질 듯한 그 분위기에 말하기가 두려워 머리만 끄덕였다.

"새벽 한 시, 그 시간에 말이니?"

징코프는 다시 머리를 끄덕였다.

엄마의 얼굴은 정말이지 무서웠다. 아빠 얼굴도 마찬가지였다. 스탠리 삼촌이 돌아서더니 말했다.

"징코프는 모르는 것 같네요."

꼬마가 죽었구나.

"징코프!"

엄마가 징코프의 얼굴을 두 손으로 감쌌다. 엄마의 숨결이 느껴졌다.

"그 꼬마 애는 잃어버리고 좀 있다가 곧 찾았어."

"차고 안에서 차를 타고 있었어."

아빠가 말했다. 아빠의 목소리는 쉬어 있었다.

"문이 열려 있었는데 그 애가 들어가 운전하는 척하고 있었대."

스탠리 삼촌이 헛기침을 한 뒤 덧붙였다.

"일곱 시 삼십 분쯤인가? 여덟 시 다 되어서 집으로 돌아갔다죠?"

아빠가 머리를 끄덕이며 말했다.

"그렇지."

엄마가 얼굴에 요술을 부렸다. 기쁨과 슬픔이 동시에 나타났다.

"그런데 넌 그걸 몰랐단 말이지? 그래서 계속 찾고 있었구나."

징코프가 끄덕였다.

기억해 보았지만, 떠올릴수록 혼란스러웠다.

"하지만 불빛이랑 사이렌을 봤는데요."

엄마가 웃는 것도 같고 우는 것도 같은 표정으로 징코프를 내려다보았다. 만약 클로디아가 발견되었고 여덟 시쯤 집으로 무사히 돌아왔다면…….

"그럼 누구를 찾고 있었던 거죠?"

징코프는 엄마의 슬프면서도 기쁜 듯한 얼굴을 올려다보며 물었다.

엄마의 얼굴에서 곧 답을 읽었지만 엄마가 말해 주기를 기다렸다.

"너야, 징코프. 사람들이 널 찾고 있었던 거야."

오랫동안 방 안에는 눈밖에 없는 듯했다. 엄마, 아빠, 폴리, 스탠리 삼촌의 눈들이 모두 징코프를 바라보고 있었다. 그렇게 하지 않으면 징코프가 사라지기라도 할 것처럼. 징코프는 눈의 요람에 싸였다.

"오빠, 바보."

폴리가 징코프를 콕 찔렀다.

그러고는 모두 침대 위로 올라와 구르고 뛰었다. 모두 징코프를 꼭 끌어안고, 머리를 흐트러뜨렸다.

"내 종이 깔고 앉지 마!"

그 때 폴리가 비명을 질렀다.

폴리는 아빠 엉덩이 밑에서 아까 가위로 자르고 있던 것을 끄집어 냈다. 환상적인 모양으로 잘린 하얗고 큰 종이였다. 폴리는 그것을 징코프에게 내밀었다.

"징코프에게 필요한 거지. 눈송이."

스탠리 삼촌이 킬킬대며 웃었다.

눈을 뜬 뒤 처음으로 침실 창으로 빛이 흘러들어오고 있다는 것을 알았다.

"지금도 눈이 오나요?"

"라디오에서 방송이 나온 뒤 오늘 아침까지 육백삼십이다."

아빠가 말했다.

징코프는 가볍게 "야호!"라고 외치고는 창밖을 보며 물었다.

"지금 몇 시예요?"

엄마가 말했다.

"오후 세 시가 다 되어 가는구나. 넌 열세 시간 동안 잤어."

아, 안 돼! 낮이 두 시간 밖에 남지 않았다니. 해프탱크 언덕으로 가야 해!

침대에서 뛰어나오려고 했지만 팔들이 만든 거미줄에 붙잡히고 말았다.

"안 돼. 자네, 오늘은 외출 금지야."

아빠가 말했다.

"그래, 자네."

폴리가 단호한 얼굴을 하고 손가락을 들어 징코프 얼굴 앞에서 흔들며 말했다.

"오늘 하루 종일."

"야!"

"네가 나갈 수 없도록 널 붙잡아 둘 거야."

"야!"

폴리가 박수를 쳤다. 그러고는 얼굴에 악마의 웃음을 짓더니 주머니에 손을 넣어 뭔가를 꺼냈다.

"내 행운의 돌멩이!"

징코프가 낚아채려 했지만 폴리가 피하며 혀를 쏙 내밀었다.

"엄마!"

징코프가 울먹이며 말했다.

"이리 줘."

엄마가 손을 내밀자, 폴리가 내놓았다.

"엄마, 주세요."

징코프가 너무 갑자기 말했기 때문에 엄마는 돌멩이를 침대 위에 떨어뜨렸다.

"만지지 마세요."

징코프가 주우며 말했다. 엄마는 마음이 상한 것 같았다.

"난 네 엄마야."

엄마는 알지 못한다. 행운의 돌멩이는 다른 사람이 만지면 그 힘을 잃는다는 것을.

"나 말고 아무도 만지면 안 돼요."

징코프는 베개 밑에 숨겼다.

"엄마가 생각하는 게 맞니?"

엄마가 물었다.

"풍선껌이에요."

"그럴 거라 생각했다."

"그래? 그럼 돌멩이도 아니네."

폴리는 비웃으며 말했다. 그러고는 징코프에게 얼굴을 들이대며 말했다.

"그럼 행운도 없는 거야. 오빠 입 안에 있었어. 웨애애액!"

"그게 왜 네 입 속에 있었는지 말해 줄 수 있니?"

엄마가 물었다.

징코프는 잠깐 생각하더니 말했다.

"아뇨. 안 할래요."

"좋아."

엄마는 웃으며 말했다.

"엄마, 말하라고 해요!"

폴리는 울먹였다.

"침대에서 널 좀 내려놔야겠구나."

엄마는 폴리를 끌어내리며 말했다.

"오빠를 좀 쉬게 해 줘라. 오빠가 잘 수 있게 해 준다면 넌 틀림없이 좋은 동생이야. 자, 저리 가."

폴리는 쿵쿵거리며 침실 밖으로 나갔다.

전화벨이 울렸다. 시빌 아줌마였다. 아줌마는 환자가 어떡하고 있는지 궁금해했다.

다음에는 자넷 아줌마가 전화했다. 다음은 사촌 마틴이 그리고 사촌 윌과 멜리사 아줌마가.

초인종이 울리기 시작하고 새로 이사 온 이웃 로프레스티 부인이 들어왔다. 그래서 징코프는 아래층 소파에 앉아 있을 수 있게 되었다. 그 날 하루 종일 그리고 밤까지 이웃들과 친척들이 징코프네 집에 오고 갔다. 집 안 곳곳에 이야기와 웃음과 음식들이 넘쳐났다.

"왜?"

사람들은 모두 같은 질문을 했다.

그 곳에서 징코프가 뭘 하고 있었는지 알고 싶어했다. 부모님들이 이유를 말해 주면 사람들은 징코프에게로 돌아서서는 징코프를 흥미롭게 바라보았다. 어떤 사람은 침대 끝에 걸터앉기도 하고 몸을 구부려서는, 위층에서 엄마가 지었던 반쯤은 슬퍼 보이는 얼굴로 웃었다. 그러고는 손을 뻗어 징코프를 어루만져 주었다. 징코프는 그 날만큼 많은 사람들이 어루만져 준 적이 없는 듯했다.

초인종 소리와 웃음소리가 끊이지 않는 가운데 징코프가 올려다보니 클로디아와 클로디아 엄마가 서 있었다. 클로디아는 징코프에게 달려들어 수십 번도 더 요란하게 뽀뽀를 했다. 그러고는 뭔가 말했지만 징코프는 알아들을 수 없었다. 굳이 이해할 필요가 없었다. 느낄 수 있었으니까. 클로디아의 엄마는 다른 사람들처럼 "왜?"라고 묻지 않았다. 그냥 아무 말도 하지 않았다. 그냥 소파에 앉아 징코프를 영원히 보내주지 않을 것처럼 꼭 끌어안았다.

눈 오는 어느 날, 징코프가 자고 있는 동안 많은 일들이 일어났고 또 그렇게 잊혀지고 있었다.

29. 여전히 그 곳에는

거의 열 시가 되어서야 마지막 손님이 떠나고 파티가 끝났다. 징코프의 부모님은 소파 옆에 깔려 있는 양탄자 위에 앉아 전날 밤에 있었던 일을 이야기해 주었다.

"네가 들어와야 할 시간이 되어서도 들어오지 않더구나."

엄마가 말했다.

"보통 같으면 돌아왔을 시간에 말이지."

아빠가 끼어들었다.

"처음에는 걱정하지 않았어. 그냥 눈이 와서 밖에서 놀고 있을 거라고만 생각했거든. 하지만 여덟 시 반이 지나고 아홉 시가 되어도 네가 돌아오지 않는 거야."

"그제야 우리는 걱정하기 시작했지."

엄마는 같이 놀았을 만한 친구들의 집에 전화를 했고 아빠는 징코프의 이름을 부르며 거리를 돌아다니기 시작했다.

정말 경찰을 부를 생각은 아니었다. 한 시간 전쯤 윌로우 가에서 작은 꼬마 소녀를 잃어버려 한바탕 소동이 있었던 참이었다. 그래서 어떻게 생각될지 짐작이 갔다. 무슨 일일까? 또 잃어버렸군.

하지만 날이 어두워지고, 거리는 텅 비고, 모든 동네 아이들이 무사히 집으로 돌아가는데 자기 아이만 돌아오지 않는다면 누구든 어떻게 생각되든지 상관 않고 경찰에 전화를 하게 될 것이다. 불과 한 시간 전에 꼬마 소녀 때문에 왔던 경찰차와 구조 트럭과 응급차가 번쩍이는 군대처럼 왔다.

"꼬마 소녀 때와는 달랐지. 너를 빨리 찾지 못했어. 눈은 계속 내리더니 진눈깨비로 변하고 비로 바뀌더구나."

아빠가 말했다.

"아빠도 찾으러 나갔죠?"

징코프가 물었고 아빠는 징코프를 보며 말했다.

"그래, 나도 나갔지."

"식은 죽 먹기였죠. 그렇죠?"

온갖 날씨에도 편지를 배달하는 아빠를 떠올렸다. 눈보라 속에서 편지 구멍을 찾으며 후방을 맡은 럭비선수처럼 웅크리고 있는 아빠의 모습을 상상하며 학교에 앉아 있곤 하던 일을 떠올렸다.

"물론, 식은 죽 먹기였지."

아빠는 어색한 웃음을 지으며 무릎을 꼭 쥐었다.

부모님은 시간이 얼마나 천천히 흘러갔는지, 폴리가 끝까지 깨어 있으려고 했지만 그러지 못했다는 것을 말해 주었다. 말한 것도 있고 말하지 못한 것도 있지만, 제설차를 몰던 남자가 집에서 멀리 떨어진 곳에서 징코프를 발견해서 구조대에게 데려가 징코프를 따뜻하게 말리고 '완전히' 점검해 본 다음 집으로 데리고 왔던 일, 아들이 송장이나 다름없이 축 늘어져 있었지만 너무 기뻐서 엄마가 아기처럼 소리쳤던 일, 마지막으로 위층으로 데리고 와 부모님 침대 위에 눕히고 양 옆에 엄마 아빠가 같이 눕자 비로소 징코프의 얼굴에 웃음이 떠올랐고, 그러면서 오랫동안 느끼지 못했던 기분, 마치 징코프가 다시 작은 아기가 되어 이야기책을 읽어 주는 듯한 기분이 들었다고 이야기했다.

"그런데, 도대체 그렇게 오랫동안 어디에서 찾고 있었던 거니?"

아빠가 말했다.

"대부분 골목이요."

징코프는 어깨를 으쓱하며 말했다. 더 이상 말할 필요가 없는 듯했다.

모두 자정까지 깨어 있었다.

"네가 피곤하지 않다는 거 알지만 잠들도록 노력해 봐. 이제 잘 시간이야."

엄마가 말했다.

징코프는 부모님께 아래층 소파에서 자면 안 되는지 물었다. 소파에서 자는 게 좋아졌다. 부모님은 서로 마주보더니, 돌아서자마자 살금살금 도망가지만 않는다면 괜찮다고 했다.

부모님은 키스를 해 주고 마지막으로 이마를 한 번 더 짚어 보고는 위층으로 올라갔다.

집은 캄캄하고 조용했다.

징코프의 머리 속을 빼고는 모두 캄캄하고 조용했다. 징코프 머리 속은 아직도 파티 중이었다. 전화벨이 울리고 피자 냄새가 진동하고, 또 여전히 눈이 내리고 비가 왔으며 클로디아를 찾아 골목길을 헤매고 있었다. 하지만 이제는 재미있었다. 징코프의 몸은 따뜻하고 소파에 있고 클로디아는 여덟 시쯤에 찾았기 때문이다.

징코프는 눈을 감고 잠을 청했다. 잘 되지는 않았지만 계속 노력했다. 자장가도 흥얼거려 보았다. 어둠 속에서 작은 근육들이 여기저기 꿈틀댔다. 근육들은 잠들고 싶어하지 않았다. 골목으로 나가고 싶어했다.

하고 싶은 일들이 생각났다.

징코프는 일어나 가운처럼 담요를 둘렀다. 어둠 속에서 현관이 보였다. 자물쇠 빗장이 보였다. 징코프는 숨을 멈추고 가능한 천천히 문을 열었다. 발은 양탄자 위에 두고 몸만 밖으로 기울였다. 밤공기가 목에 차갑게 느껴졌다. 할 수 있는 한 몸을 밖으로 내밀고 위를 올려다보았다. 웃음이 나왔다. 별들은 맑은 하늘에 그대로 있었다.

다시 들어와서 문을 닫았다. 다시 소파 위로 올라가 이불을 끌어당겨 아늑하게 몸을 감쌌다. 그리고 곧 잠이 들었다.

30. 징코프

눈이 온 뒤로 주말이 지나고 월요일이 되자 눈이 거의 녹았다. 눈은 그늘이나 모퉁이, 마을에서 북쪽을 향하고 있는 곳, 혹은 주차장의 한 구석에 제설차가 눈을 쌓아 회색의 작은 산이 되어 있는 곳에만 남아 있을 뿐이었다. 기온은 12월치고는 따뜻하게 영상 10도까지 올라갔고, 도랑과 골목에 고여 있던 물은 온 마을의 하수구와 배수로를 간지럼 태우듯 흘러갔다.

가장 좋은 것은 먼로 중학교에서 월요일에는 모든 선생님들이 실내에 있어야 한다는 것이다. 그러는 동안 학교 건물 밖에서 노는 것은 뭔가 특별했다. 아이들은 무리를 지어 주차장에서는 하키, 그 주변에서는 미식축구나 축구를 하며 따뜻한 날씨를 즐겼다.

미식 축구 경기장의 지붕 아래에서 터틀과 본스가 이야기를 나누고 있었다.

"저 아이 보여? 저기 있는 애 말이야."

터틀이 노란 야구 모자를 쓰고 있는 아이를 가리켰다.

"응."

"잘 봐."

터틀은 공을 달라고 했다. 그러고는 손 안에서 공을 돌리며 공 둘레를 만지작거렸다.

"야! 여기 간다!"

터틀이 그 아이를 불렀다.

공을 감아 산뜻하게 회전시키며 던졌다.

그 아이는 마치 다른 사람의 팔에서 아기를 받기라도 하는 듯이 두 손을 뻗었다. 공은 아이의 두 손을 지나 가슴에 부딪혔다. 아이의 모자가 날아가 버렸다. 아이는 거의 쓰러질 듯 뒤로 비틀거렸다. 그러고는 기어서 공과 모자를 찾았다.

터틀과 본스는 자신들의 축복받은 운동신경이 자랑스러운 듯 깔깔거리며 웃었다.

"병신 같으니라구. 저 녀석 좀 봐. 계집애처럼 던져."

본스가 말했다.

"여자 애같이 던지는데."

"재 누구야?"

본스가 물었다.

"알게 뭐야."

터틀이 말했다.

그 아이가 다른 공을 자기에게 넘겨 달라고 외치는 것을 보았다. 결국 누군가 그렇게 했다. 그런데 이번에는 공이 그 아이의 머리에 맞았다. 모자가 다시 날아갔다.

터틀과 본스는 왁자하게 웃어 댔다.

"야, 호빈! 이리로 와 봐."

터틀이 외쳤다.

호빈이 두 아이에게로 왔다.

"이거 봐."

터틀은 공을 달라고 해서 아까 했던 대로 했다. 노란 모자를 쓴 아이에게 거칠게 공을 던졌다. 아이는 다시 공을 향해 손을 뻗었고 공은 다시 아이의 손을 지나 가슴에 못처럼 박혔다.

호빈은 재미있지 않은 것 같았다.

"내가 말 안 했었나?"

호빈이 비웃으며 말했다.

세 명은 이번에는 그 아이가 펀트(*손에서 떨어뜨린 공이 땅에 닿기 전에 차는 것)해서 공을 이 쪽으로 보내는 것을 보았다. 처음에는 헛손질을 했다. 두 번째에는 공이 공중으로 3미터 정도 붕 떠올랐다.

"쟤 누구니?"

"징코프. 같은 학교였어. 별 볼일 없는 녀석이야."

본스가 묻자 호빈이 대답했다.

"맞아. 그런데 저 아이 이야기 들었어?"

잰스키가 세 아이에게 다가오며 말했다.

"뭘 들어?"

본스가 물었다.

"요 전날 밤에 잃어버렸던 꼬마 여자 애 말이야."

"근데?"

"저 녀석이 꼬마 애를 찾으러 나갔대. 그런데 사람들은 아이를 잃어버린 뒤 얼마 안 있어 아이를 찾았어."

나머지 아이들이 고개를 끄덕였다.

"그래서 그 꼬마는 집으로 갔고, 다른 사람들도 집으로 갔어. 아이 찾는 일은 끝난 거지. 그런데 저 녀석은 말이야"

잰스키는 노란 모자를 쓴 아이를 향해 턱짓을 했다.

"징코프 말이지."

본스가 끼어들었다.

"그래. 저 녀석은 몰랐대. 꼬마를 찾은 걸 몰랐다는 거지."

네 명 모두 돌아서서 그 아이를 보았다.

"꼬마는 무사히 집으로 돌아왔는데 저 녀석은 여전히 찾아 헤맸단 말이야?"

본스가 물었다.

잰스키는 본스를 보며 히죽 웃었다. 그러고는 천천히 말했다.

"일…… 곱…… 시…… 간…… 동…… 안."

"일곱 시간?"

터틀은 비명을 지르듯 말했다.

"일곱…… 시간."

잰스키는 다시 한 번 더 반복했다.

"제설차가 새벽 두 시에 저 녀석을 발견했대. 거의 칠 뻔했다더군. 집에서 3킬로미터나 떨어진 곳에서 말이야."

본스는 공을 다시 펀트하려고 애쓰는 노란 모자 아이를 노려보았다.

"반쯤은 죽었겠군."

"반쯤은 바보고 말이야. 벌써 찾은 사람을 새벽 두 시까지 찾아다니다니, 정말 바보 아니냐?"

터틀이 말했다.

"내가 말했잖아."

호빈이 빈정대며 말했다.

"얼어 죽을 뻔했겠네?"

본스가 물었다.

잰스키는 어깨를 으쓱해 보였다.

"완전 녹초가 됐겠지."

터틀이 말했다.

"4학년 운동회 때 저 녀석을 봤어야 해."

호빈의 말에 터틀이 물었다.

"그래? 엄청났겠는데?"

호빈은 더 이상 말하지 않았다.

이제는 여기저기를 뛰어다니며 누군가 자기에게 공을 던져 주기를 바라고 있는 아이를 네 명 모두 바라보았다. 아이들은 운동회에서 저 녀석이 얼마나 엄청났을까 상상했다.

"그런데 저 녀석, 학교를 무지 좋아해. 매일 일찍 가."

이 말에 모두 호빈을 바라보았다. 농담이라고 말하기를 기대하면서.

하지만 호빈은 더 이상 아무 말도 하지 않았다. 아이들은 누군가 자기를 보고 있다는 것을 전혀 알지 못하는 노란 모자 아이에게로 다시 시선을 돌렸다.

"자, 이제 축구하자."

마침내 본스가 말했다.

"그래!"

멍하니 있던 나머지 아이들도 소리쳤다.

"축구할 사람! 여기 붙어라!"

터틀이 외쳤다.

아이들이 모여들고 팀이 짜여졌다. 터틀과 본스가 주장이 되었다. 주장들이 손가락으로 동전을 튕겨 선수를 뽑기로 했다. 터틀이 이겼다.

"호빈."

"잰스키."

터틀이 먼저 지명하고 본스도 한 명을 뽑았다.

터틀은 이 쪽에서 본스는 저 쪽에서 팀을 뽑았다. 그리고 노란 모자를 쓴 아이만 남게 되었다. 이제 각 팀은 숫자가 똑같았다. 터틀과 본스는 각각 일곱 명의 아이들을 뽑았다. 노란 모자만 남겨졌다.

하지만 그 아이는 남겨진 것처럼 굴지 않았다. 보통 남겨진 아이들은 자신이 쓸모없다고 생각한다. 자신을 뺀 나머지 아이들은 모두 선택되었고, 그래서 자신에게는 희망이 없고, 그래서 다른 곳으로 가서 다른 것을 하는 게 낫다고 생각한다. 예를 들면 모노폴리 같은 것.

하지만 그 아이는 그냥 그 곳에 서 있었다. 돌아선다거나 사라진다거나 하지 않았다. 그냥 서 있는 것도 아니었다. 터틀과 본스를 빤히 쳐다보았다.

"우리 팀은 이제 됐어."

터틀이 말했다.

이제 아이는 본스를 유심히 쳐다본다.

본스는 '우리도 됐어.'라고 말하고 싶지만 그렇게 말할 수 없었다. 그 아이가 그냥 돌아서서 멀리 가 버렸으면 좋겠다고 생각했다. 자기가 남겨졌다는 것을 모르는 것은 아닐까?

"태클!"

그 때 저 멀리서 호빈의 목소리가 울려 퍼졌다.

보통 아이들은 맨 몸으로 몸싸움을 한다. 패드도 없고 헬맷도 없다. 땅은 반쯤 녹은 눈 때문에 진흙탕이었다. 하지만 아무도 거부하지 않았다. 아무도 태클을 거는 것을 두려워하지 않았다.

"두 팀 다 똑같아. 이제 더 이상 필요 없어."

잰스키가 말했다.

하지만 아이는 알아차리지 못했다.

멀리 가 버리지 않는 남은 아이. 그것은 미지의 영역이었다. 본스가 열쇠를 쥐고 있었다. 해야 할 일이라고는 입을 열어 '제발 가 줘.' 라고 말하는 것뿐이었다.

아이는 본스를 여전히 빤히 바라보고 있었다. 정말이지 멍청했다. 만약 팀에 들여 보내지더라도 자신이 무시당할 것이라는 것을 모르는 것 같았다. 아이들이 거북해하고 상처를 줄 수도 있다는 것을 모르는 것 같았다. 자기가 바보인 것도 모르는 것 같았다. 자신의 능력이 미치지 못하는 곳에 있다는 것도 모르는 듯했다. 남겨진 아이는 선택하는 아이를 쳐다보지 않아야 한다는 것을 몰랐다. 신발만 내려다본다든가 하늘을 올려다봐야 한다는 것을 몰랐다. 마지막으로 남은 아이이기 때문에 멀리 사라져 주기를 바라고 있다는 것을 몰랐다.

아이는 뒤로 물러나지 않았다. 아이의 시선은 이마에 부딪히는 공처럼 본스를 치고 있었다. 그 눈 속에서 본스는 이해할 수 없는 어떤 것, 어렴풋이 뭔가 생각이 났다. 갑자기 그 일곱 시간 동안 어땠는지 묻고 싶어졌다. 아이의 눈동자 속에 틀림없이 그 답이 있을 것 같은데, 본스는 알 수가 없었다. 그 추위 속에 있는 게 어땠는지 묻고 싶었다. 바보 같은 질문이지만.

수천 가지 하고 싶은 말이 떠오르고 수천 가지 방법이 떠올랐지만 결국 할 수 있는 말은 한 가지였다. 달리 뭐라고 말할 수 있을까?

"징코프."

본스가 징코프를 가리켰다.

그리고 시합이 시작되었다.

누군가 외로워 보이는 모습이 없니?

6학년 때던가, 나는 한참 네댓 명의 친구들과 무리를 지어 어울려 다녔다. 등·하교는 물론이거니와 학교에서 일어나는 모든 일들을 그 친구들과 함께했다. 키도 엇비슷해서 자리도 가깝던 우리는 체육 활동도, 쉬는 시간도, 점심 시간도 늘 함께했다. 그 또래 아이들이 대개 그렇듯 나는 그 친구들과 함께하는 것이 더없이 즐거웠고, 친구들과 있으면 아무것도 두려울 게 없었다. 우리는 웬만한 남자 아이들보다 키가 큰 편이었고 친구들에게는 선망의 대상이었다.

그 날도 그 친구들과 옹기종기 둘러앉아 점심을 먹고 있었다. 그때 앞에서 점심을 드시던 선생님께서 나를 부르셨다. 나는 수업 시간도 아닌데 선생님이 부르시는 게 이상해서 약간 긴장한 채 앞으로 걸어 나갔다.

"최지현, 뒤를 돌아 교실을 한번 봐라."

선생님은 웃음을 머금은 얼굴로 나를 보며 말씀하셨다.

나는 선생님이 시키는 대로 뒤를 돌아 교실을 쭉 훑어보았다. 별다를 것 없는 점심 시간의 풍경. 시끌시끌, 소란스럽기만 했다.

›››

나는 '왜요?' 라고 묻는 표정으로 다시 선생님을 돌아보았다.

"뭔가 외로워 보이는 모습이 없니?"

외로운 모습이라고? 이렇게 시끄럽고 소란스러운 6학년 점심 시간의 교실에서 외로운 모습을 찾아보라니. 그 뜬금없는 주문에 난 잠시 당황했다. 다시 교실을 둘러보았지만 여전히 선생님의 당혹스러운 질문에 대한 답을 찾지는 못했다.

"모르겠는데요."

사춘기가 시작될 무렵이었던 나는 약간은 반항기 어린 목소리로 대답했던 것 같다.

"그래? 그럼 들어가면서 다시 한 번 잘 생각해 봐."

선생님은 여전히 사람 좋은 웃음으로 대꾸하셨다.

나는 일부러 더 뚱한 표정을 지어 보이며 터벅터벅 내 자리로 돌아갔다. 같이 밥 먹던 친구들도 궁금한 표정으로 나를 바라보았다.

아뿔싸! 자리에 앉으려던 나는 그제야 선생님이 나를 불러 교실을 둘러보게 한 이유를 알 것 같았다. 통로를 사이에 두고 내 옆에 앉아 있는 그 아이 때문인 것이다. 하얗고 동그란 얼굴에 연갈색 곱슬머리, 그리고 쌍꺼풀이 진 예쁜 눈.

옆자리라 친해질 수 있을 법도 한데 난 그 아이와 어울리지 않았다. 왠지 싫었다. 조용조용한 말소리와 꿈꾸는 듯한 쌍꺼풀 진 눈이 나와는 다른 세계의 아이인 듯 했다. 내 무리의 아이들은 주로 왁자하게 떠들고 웃고 뛰어 다니며 우리의 존재를 알렸지만 그 아이는 정반대였다.

그 아이와 한 번도 싸운 적도 없고 그 아이가 내게 싫은 기색을 내 보인 적도 없건만, 나는 그냥 그 아이가 싫었다. 그래서 통로 하나를 사이에 두고 우리는 마치 먼 나라 사람처럼 지냈다.

그런데 나뿐 아니라 친구들 대부분이 약속이나 한 듯 그 아이를 은근히 따돌리고 있었다. '그 애가 싫으니?' 라고 서로 드러내 놓고 이야기한 적은 없지만 마치 침묵의 약속이라도 한 듯 다들 그 아이와 어울리지 않았다. 왜냐고? 이유는 단순했다. 우리와 달랐으니까. 우리와 다른, 단정하고 분위기 있어 보이는 그 모습에 평범한 열세 살짜리 아이들은 시기와 질투를 했는지도 모르겠다.

그래서 그 모습을 쭉 지켜 보던 선생님이 그 날, 대표로 나를 불러 조용히 꾸짖으신 것이다. 하지만 난 그냥 모른 체하며 자리에 앉았다. 선생님이 그렇게 말했다고 해서 금방 그 아이에게 손을 내밀고 싶지는 않았다.

이 책을 번역하는 동안 20년 넘게 잊고 살았던 그 아이가 떠올랐다. 신기한 것은 별로 이야기도 하지 않고 지냈던 그 아이의 얼굴이 또렷하게 떠오른 것이다. 나도 모르게 그 아이에게 미안한 마음을 품고 살았던 것일까?

지금 생각해 보면 그 아이는 나와 좀 다를 뿐 전혀 문제가 없는

›››

아이였다. 하지만 난 그 아이에게 마음을 열지 못한 채 초등 학교를 졸업했다.

이 책은 '좀 다른 아이'에 관한 이야기이다. 좀 다를 뿐 전혀 문제가 없는 아이. 하지만 보통의 아이들에게 '문제아'로 찍혀 버린 아이.

우리는 혹시 일반화되고 정형화된 모습에 너무 익숙해져서 살아가는 것은 아닐까? 게다가 그 기준이라는 게 너무 높아져 버려 정말 보통 아이들이 뒤처져 버리고 마는 것은 아닐까?

좀 다르지만 따뜻한 시선으로 세상을 바라보는 아이, 소외된 사람들을 생각할 수 있는 아이, 우리는 그런 아이들을 외면해 왔는지도 모르겠다.

나보다 잘났든 못났든, 나와 조금 다른 그 친구를 향해 용기내어 손을 내밀어 보면 어떨까?

—**최지현**(옮긴이)

세계 〈아동청소년문학상 수상작〉, 함께 읽어 보세요!

내가 사랑한 야곱 뉴베리 상 수상작
말해 봐 프린츠 상 수상작
니임의 비밀 뉴베리 상 수상작
내 이름은 라크슈미입니다 구스타브 하이네만 평화상 수상작
젤리코 로드 프린츠 상 수상작
병 속의 바다 뉴베리 상 수상작
뚱보 생활 지침서 프린츠 상 수상작
루비 홀러 카네기 상 수상작
두근두근 첫사랑 주디 로페즈 기념상 수상작
나는 자유다 윌라 청소년문학상 수상작
잔혹한 통과의례 뉴베리 상 수상작
달콤쌉싸름한 첫사랑 프린츠 상 수상작

제리 스피넬리 Jerry Spinelli
1941년 미국 펜실베니아 주에서 태어났으며, 게티즈버그 대학 졸업 후 존스 홉킨스 대학에서 문학 석사 학위를 받았다. 이 시대의 가장 재능 있는 이야기꾼 중 한 사람으로 평가받고 있으며, 어린이와 청소년뿐 아니라 성인들까지 두루 애독하는 성장소설을 써 내는 작가로 유명하다. 『하늘을 달리는 아이』와 『잔혹한 통과의례』로 '뉴베리 상'을 두 차례나 수상했으며, 청소년소설 『스타걸』은 〈뉴욕타임스〉 베스트셀러에 오르기도 했다. 지은 책으로 『문제아』, 『돌격대장 쿠간』, 『블루 카드』, 『행복의 달걀 찾기』 등이 있다.

최지현
1972년 부산에서 태어났으며 부산대학교에서 국문학을 전공했다. 2005년 '푸른문학상'을 받으며 작품 활동을 시작했고, 현재 아동청소년문학 전문 번역가로도 활동하고 있다. 옮긴 책으로 『교환학생』, 『내 이름은 라크슈미입니다』, 『니임의 비밀』, 『문제아』, 『그 소년은 열네 살이었다』, 『시간 밖으로 달리다』, 『잔혹한 통과의례』, 『길 위의 아이들』 등이 있다.

청소년문학 보물창고는 세계 각국의 권위 있는 청소년문학상을 받은 작품들로 청소년들의 고민을 어루만져 주고 성장의 의미를 일깨워 줍니다.

❶ **내가 사랑한 야곱** 캐서린 패터슨 〈뉴베리 상〉 수상작
인생의 모든 조연과 엑스트라에게 바치는 '오마주'.
❷ **핵 폭발 뒤 최후의 아이들** 구드룬 파우제방 문화체육관광부 선정 교양도서
핵 폭발이 휩쓸고 간 폐허, 살아남은 자들의 처절한 삶의 기록. 국내 최초의 정식 완역본!
❸ **미용 학교에 간 하느님** 신시아 라일런트 〈혼북 매거진〉 팡파르 선정도서
하느님, 파마를 배우기 위해 미용 학교 수강생이 되다!
❹ **말해 봐** 로리 할츠 앤더슨 〈프린츠 상〉 수상작
진실을 말하기보다는 침묵을 선택할 수밖에 없었던 가엾은 십대의 자화상.
❺ **탠저린** 에드워드 블루어 〈혼북 매거진〉 팡파르 선정도서
왜 어른들은 '모든 것을 잘 안다'고 큰소리치는가?
❻ **니임의 비밀** 로버트 오브라이언 〈뉴베리 상〉 수상작
실험실을 탈출한 쥐들이 이제, 그들만의 문명 세계를 열어 간다!
❼ **교환학생** 샤론 크리치 〈카네기 상〉 수상 작가
'납치를 당하듯' 낯선 나라의 학교로 보내진 소녀의 '판타스티코'한 성장기.
❽ **마르셀로의 특별한 세계** 프란시스코 X. 스토크 책따세 추천도서
늘 무언가를 숨기고 살아가는 사람들에게 가하는 일침.
❾ **내 이름은 라크슈미입니다** 패트리샤 맥코믹 〈구스타브 하이네만 평화상〉 수상작
지구 저편에서 지금도 일어나고 있는 거짓말 같은 이야기.
❿ **젤리코 로드** 멜리나 마체타 〈프린츠 상〉 수상작
꿈과 희망을 잃은 열일곱 소녀 테일러가 떠나는 마음속 '이상향'을 향한 긴 여정.
⓫ **문제아** 제리 스피넬리 어린이도서연구회 청소년 권장도서
문제아는 학교를 싫어한다고? 우울하고 못된 아이라고? 천만에!
⓬ **병 속의 바다** 케빈 헹크스 〈뉴베리 상〉 수상작
낯선 죽음과 낯익은 여름 방학 사이에서, 세상은 더 이상 전과 같지 않게 되었다.
⓭ **그 여름의 끝** 로이스 로리 어린이도서연구회 청소년 권장도서
삶의 끝에서 발견하게 되는 것은 죽음일까, 영원일까?
⓮ **뚱보 생활 지침서** 캐롤린 매클러 〈프린츠 상〉 수상작
이 세상 모든 편견과의 전쟁을 선포한다!
⓯ **루비 홀러** 샤론 크리치 〈카네기 상〉 수상작
관계 맺기를 두려워하지 말라! 〈뉴베리 상〉 수상 작가가 전하는 따뜻하고도 강렬한 메시지.
⓰ **시간 밖으로 달리다** 마거릿 피터슨 해딕스 〈에드거 앨런 포 상〉 최종 후보작
낯선 '시간 여행'을 통해 만나는 진짜 세상의 빛과 그림자에 대한 이야기.
⓱ **그때 프리드리히가 있었다** 한스 페터 리히터 한우리독서문화운동본부 권장도서
독일인 소년의 눈으로 광기의 역사를 낱낱이 증언하다!
⓲ **악마의 농구 코트** 칼 듀커 미국도서관협회 선정 최우수도서
악마에게 영혼을 팔아서라도 꼭 이루고 싶은 간절한 소망이 있는 모든 이들을 위한 이야기.
⓳ **죽은 개는 이제 그만!** 고든 코먼 〈학교도서관저널〉 선정 이달의 책
거짓말을 하느니 차라리 벌을 받겠다! 미식축구 팀 만년 후보 선수가 연극광이 된 사연.
⓴ **그리핀 선생 죽이기** 로이스 던칸 〈학교도서관저널〉 선정 올해의 책
사이코패스, 10대 아이들도 예외일수 없다! 아이들은 왜 그리핀 선생을 죽이기로 했을까?
㉑ **컷** 패트리샤 맥코믹 어린이도서연구회 청소년 권장도서
'자해'라는 극단적인 선택을 다룬, 섬뜩하고도 따뜻한 성장소설!
㉒ **두근두근 첫사랑** 웬들린 밴 드라닌 〈주디 로페즈 기념상〉 수상작
죽자고 달려드는 명랑 소녀와 살자고 도망치는 소심 소년의 좌충우돌 사랑 만들기.
㉓ **나는 자유다** 팜 뮤뇨스 라이언 〈캘리포니아 영리더 메달〉 수상작
자유를 얻기 위해 그리고 자신의 꿈을 이루기 위해 세상의 부당함에 맞선 소녀의 성장기.
㉔ **잔혹한 통과의례** 제리 스피넬리 〈뉴베리 상〉 수상작
열 살이 되려면, 사내아이는 상처 입은 비둘기의 목을 비틀어야만 한다!
㉕ **달콤쌉싸름한 첫사랑** 엘렌 위트링거 〈프린츠 상〉 수상작
하필이면, 첫사랑이 레즈비언이라니! 사랑과 치유에 대한 완벽한 이야기.
㉖ **길 위의 아이들** 브록 콜 〈스쿨 라이브러리 저널〉 선정 올해의 책
섬에 버려졌다. 그것도 나체로! 막다른 골목에 선 소년과 소녀의 대책 없이 당찬 여정.
㉗ **그 소년은 열네 살이었다** 로이스 로리 아침독서 청소년 권장도서
한 소녀의 인생을 송두리째 바꿔 놓은 지적 장애 소년과의 눈부신 우정.
㉘ **불을 먹는 남자** 데이비드 알몬드 〈휘트브레드 상〉 수상작
1962년 '쿠바 미사일 위기' 사건을 배경으로 지금도 전쟁의 위험에 노출된 우리들에게 전하는 강한 메시지.